Hubertus Meyer-Burckhardt

Die Kündigung

Roman

Ullstein

Besuchen Sie uns im Internet:
www.ullstein-taschenbuch.de

Zitatnachweis

Brigitte Engelmann und Peter Holler: *Das Feinschmecker-Handbuch Käse*. Potsdam 2008

Klaus Schlesinger: *Alte Filme. Erzählung* (Erstausgabe Rostock 1975; Neuausgabe als Band 13 der DDR-Bibliothek, Leipzig 1997). Abdruck mit freundlicher Genehmigung von Daisy Schlesinger-Böhme

Allen Ginsberg: *Das Geheul*. Deutsch von Carl Weissner. In: *Gedichte*. Ausgewählt von Uwe Wittstock; München; Wien 1999

MIX
Papier aus verantwortungsvollen Quellen
FSC® C014496
www.fsc.org

Ungekürzte Ausgabe im Ullstein Taschenbuch
1. Auflage Juli 2012

Umschlaggestaltung: Sabine Wimmer, Berlin
Titelabbildung: © getty images
Satz: LVD GmbH, Berlin
Gesetzt aus der Berling
Papier: Pamo Super von Arctic Paper Mochenwangen GmbH
Druck und Bindearbeiten: GGP Media GmbH, Pößneck
Printed in Germany
ISBN 978-3-548-28457-6

ullstein

Das Buch

Sein Chef ist eine Niete. Das hat Simon Kannstatt eigentlich schon immer geahnt, aber jetzt ist es bewiesen. Eindeutig. Simon Kannstatt versteht die Welt nicht mehr, seit ihm gekündigt wurde. Und das, obwohl er einer war, der sich nie beklagt hat, der sich zusammenriss, seit die *Trade Winds* unberechenbarer waren. Ungläubig macht Kannstatt deshalb auch erst mal weiter, als wäre nichts geschehen – von Business Class zu Business Class, von Flughafen zu Flughafen. Bloß immer auf vertrautem Terrain bleiben! Vom Züricher Flughafen aus macht er sich zunächst auf nach London. Dort schmiedet er einen verwegenen Plan. Weiter geht es nach Frankfurt, von hier aus wieder zurück nach Zürich – und dann nach New York, wo er sich ganz in der Nähe des Flughafens Newark in eine Pension namens Atlantic Crossing einquartiert. Der Besitzer entpuppt sich als Hippie und erklärter Retter des Rock'n'Roll, der gleich nebenan noch einen höchst eigenwilligen Plattenladen führt. Langsam, ganz langsam kehren die Ideale aus längst vergangenen Zeiten zurück – doch haben sie Kannstatt noch etwas zu sagen?

Ein sehr zeitgemäßer Roman über Männer, verloren geglaubte Träume und die Frage, was uns im Innersten zusammenhält.

Der Autor

Hubertus Meyer-Burckhardt, geboren 1956 in Kassel, ist TV-Produzent und Journalist. Er war Vorstandsmitglied der Axel Springer AG sowie ProSieben Sat1-Media AG. Seit 2005 hält er eine Professur an der Hamburg Media School. Gemeinsam mit Barbara Schöneberger ist er Gastgeber der renommierten NDR-Talkshow. Er lebt in Hamburg.

Meinem Sohn Maximilian

Rainer Maria Rilke

Der Panther
Im Jardin des Plantes, Paris

Sein Blick ist vom Vorübergehn der Stäbe
so müd geworden, dass er nichts mehr hält.
Ihm ist, als ob es tausend Stäbe gäbe
und hinter tausend Stäben keine Welt.

Der weiche Gang geschmeidig starker Schritte,
der sich im allerkleinsten Kreise dreht,
ist wie ein Tanz von Kraft um eine Mitte,
in der betäubt ein großer Wille steht.

Nur manchmal schiebt der Vorhang der Pupille
sich lautlos auf –. Dann geht ein Bild hinein,
geht durch der Glieder angespannte Stille –
und hört im Herzen auf zu sein.

PROLOG

Altmann wusste, dass die Kündigung Kannstatts im September nicht korrekt abgelaufen war. Es gab juristische Formfehler, die er zu verantworten hatte. Die Motivation für die Trennung hatte er ihm ebenfalls nicht wirklich klar darlegen können. Monate waren seitdem vergangen. Jetzt stand ihm ein abschließendes Treffen mit Kannstatt am Züricher Flughafen bevor. Die Anwälte hatten noch keine endgültige Einigung erzielt. Altmann hatte die Hoffnung, bei einem Treffen mit Kannstatt zwischen den Jahren in Zürich-Kloten, also auf neutralem Boden, die Wogen glätten zu können. Vielleicht schaffte er es diesmal, endlich mit dem Mann ins Gespräch zu kommen, vor dessen Scharfsinn und rücksichtlosem Vorgehen er sich stets gefürchtet hatte.

Kannstatt hingegen dachte darüber nach, das Reden überhaupt einzustellen. Nicht etwa nur für ein paar Tage oder Wochen, sondern für immer. Nach seinem Empfinden leistete die Sprache keinen hilfreichen Beitrag zum Verständnis der Menschen untereinander. Er vermochte sich ohnehin nicht mit Feuilletonisten zu unterhalten, die sich in Konjunktiven und Nebensätzen auslebten. Subjekt, Prädikat, Objekt. Das war seine Welt.

Altmann war in seinen Augen einer dieser Feuilletonisten. Er verstand ihn nicht. Altmanns Worte waren keine Botschaften, die IHN meinten, sondern Waffen, denen er nichts entgegenzusetzen hatte. Hat Jean Gabin in seinen Filmen etwa viel gesprochen? Oder Ventura? Oder John Wayne? Wenn Filmstars in ihren Rollen Projektionsflächen von Sehnsüchten sind, dann kann man sich der Erkenntnis nicht verweigern, dass der Mensch sich nach Entscheidern sehnt, die ihr Handwerk beherrschen und die Welt nicht mit Belanglosigkeiten belästigen.

Das Treffen mit Altmann am Flughafen in Zürich sollte schließlich Kannstatts schlimmste Befürchtungen bestätigen (die er bis dahin imstande gewesen war zu unterdrücken): Der Feuilletonist Altmann verpackte in seiner Sonntagsrede die Botschaft, dass er, Kannstatt, zwar noch einmal weitere sechs Monate vom Unternehmen bezahlt werden würde; auch die Abfindung, die anschließend zur Auszahlung kommen solle, sei unstrittig. Jedoch sehe sich der Vorstand derzeit nicht in der Lage, Kannstatt seinen zweifellos bemerkenswerten Fähigkeiten entsprechend weiterhin einzusetzen.

Als Einziger durchgefallen im Abitur.

Simon Kannstatt war niemand, der sich beklagte. Er pflegte sich zusammenzureißen, seit die *Trade Winds* unberechenbarer waren.

Umso erschütterter war er jetzt, dass Altmann offenbar schon wieder auf dem Weg zu seiner Frau in den Urlaub war, so als wäre nichts passiert. Er umklammerte, im Flughafenrestaurant von Zürich sitzend, einen Becher Kaffee, hielt den Henkel mit den Fingern so fest, dass sie zu schmerzen begannen, und tat dann das, was ihm in den französischen Filmen der 60er Jahre immer so imponierte: Er bestellte mit einer gewissen Beiläufigkeit einen Cognac zum Kaffee. Kannstatt nippte am Glas und ließ die Vermutung zur Gewissheit werden. Er ließ zu, dass dieses Gefühl, ja diese Überzeugung, seinen Kopf, seine Seele, seinen Körper durchflutete: »Mein Chef, immerhin Finanzvorstand eines an der Börse gehandelten Unternehmens, ist eine Niete.«

Kannstatt brach der Schweiß aus. Er erinnerte sich daran, wie er im Konfirmandenunterricht einmal einem Mädchen imponieren wollte, indem er dem Pfarrer den Satz um die Ohren haute: »Ich glaube nicht an Gott, denn gäbe es ihn, hätte er die Nazis verhindert!« Er erinnerte sich auch daran, dass ihm, obwohl er nichts zu befürchten hatte, in der Stille danach schwarz vor Augen geworden war, dass der Boden zu schwanken schien. Er hatte ein Gesetz gebrochen, das Gesetz der Gefolgschaft. Heute aber wollte er nicht provozieren und auch nicht beeindrucken. Im Gegenteil: Er wusste, er würde wie jede Woche seine Frau anrufen, um ihr zu berichten, aber er scheute diesen Pflichtanruf. Wie sollte er ihr vermitteln, dass der Mann, der ihr bei der letzten Führungskräftetagung einige Aufmerksamkeit geschenkt hatte, eine Pfeife war? Würde sie ihn zur Loyalität ermahnen? Oder ihn erneut mit einem Sarkasmus, den er hasste, daran erinnern, dass die effektivste Art, den Chef loszuwerden, die berufliche Selbständigkeit sei? Sein Schwager habe ja auf beeindruckende Weise gezeigt, wie weit man es als Unternehmer bringen könne. *Weit bringen*, eine Formulierung, die ihm so sehr zuwider war, dass er langfristig Hautreaktionen wie etwa Rötungen oder Schuppenflechte nicht mehr ausschließen zu können glaubte. *Weit bringen*, diese Worte aus dem Munde einer Frau zu hören, die es bis zur medizinisch-technischen Assistentin gebracht hatte und keinen Meter weiter!

Auf gar keinen Fall aber konnte er ihr erzählen, dass ihm gekündigt worden war. Denn erst wenn seine Frau es wüsste, hätte Altmann über ihn gesiegt.

Simon Kannstatt verstand sich als Steuermann der ersten Kategorie, der imstande war, einen Kapitän gleicher Güte zu akzeptieren. »Ein erster Zweiter ist besser als ein zweiter Erster«, pflegte sein früherer Vorgesetzter in Leverkusen zu äußern, wenn er versuchte, den Trainees die Sinnhaftigkeit von Hierarchien in einem international operierenden Konzern zu vermitteln.

Er beschloss, seine Frau erst von London Heathrow aus anzurufen. Dann wären die Kinder vermutlich im Bett. Er wusste, dass der Satz »Mein Chef ist eine Flasche, ein durch und durch überforderter Mann« nicht folgenlos bleiben würde. Nicht an Gott zu glauben, im Alter von sechzehn Jahren, mag verzeihlich sein. Nicht mehr an seinen Vorstand zu glauben, das setzte eine Entwicklung in Gang, die unabsehbar war: Die Loyalität war aufgekündigt!

Er nahm sich vor, von nun an nichts mehr dem Zufall zu überlassen. Er zahlte und ging zur Abflughalle. Dass die Bedienung vergaß, ihm den Cognac zu berechnen, gab ihm das Gefühl, die Dinge wendeten sich zumindest nicht ständig gegen ihn.

Die Business-Class glich einem Feldherrenhügel, auf dem man die Geräusche der Schlacht von ferne wahrnahm. Früher schien sie exterritoriales Gebiet zu sein, sicheres Terrain, auf dem man durchatmen konnte. Später gelangte er zu der Überzeugung, dass die Zeiten sich stetig verschlechterten, und die Business-Class löste bei ihm nur noch die Assoziation *Kampfpause* aus. Gefechtsstillstand. Aber auch diese Phase war nun vorbei. Er hatte sich angewöhnt, während der Reise strategisch und durchaus kriegerisch zu denken. Das schlug sich selbst in seiner Sprache nieder, mit der er den Wettbewerb erläuterte, dem er sich täglich aussetzte.

Die Reihen waren gut besetzt. Das Management ging offenbar für eine Nacht auf Fronturlaub nach Hause oder ins Hotel. Auch zu dieser späten Stunde irgendwo zwischen Zürich und London entstand kein Gespräch zwischen den Söldnern der Großkonzerne. Kannstatt dachte eine Weile darüber nach, warum die Armeen der Zukunft nicht mehr wie Fußballteams am Trikot zu erkennen sein würden, das angestellte Management aber zunehmend dazu neigte, sich am Revers des Sakkos zu bekennen. Zur Company, zur Nation.

Die Formel 1 der Geschäftswelt benutzte dazu Anstecknadeln. Immerhin. Simon Kannstatt aß nichts und trank nur ein Bier. Um alles in der Welt jetzt einen klaren Kopf behalten! Das niederschmetternde Gefühl und nun die bestätigte Gewissheit, gekündigt worden zu sein. Wie konnte man verhindern, dass es einem unwiederbringlich die Zuversicht nahm? Nein, es galt, die Figuren anzugreifen, die ihm im System am nächsten standen. Wie bei einem Militärputsch: Kommandeur gegen General, den Dolch im Gewand. Das Leben schreibt Geschichte, die berufliche wie die private. Ist die Geschichte unterbrochen, sei es durch Kündigung, sei es durch Scheidung, dann läuft der Gedemütigte Amok. Kannstatt würde jetzt eine Kriegserklärung formulieren. Er stand der Überzeugung nahe, dass Kriege bis zum Ende geführt werden müssen, nicht vorzeitig abgebrochen werden dürfen, denn sonst ist keine Versöhnung möglich.

Die Swiss landete pünktlich in London. Die Maschine entließ die Passagiere ins Flughafengebäude, das man zügig durchquerte, um ein Taxi oder die nächste Underground zu erwischen.

Simon Kannstatt jedoch blieb regungslos in einem der Gänge zum Gepäckband stehen und staunte. Staunte, als sei er zum ersten Mal hier. Die karge Schönheit des Gebäudes hatte er noch nie wahrgenommen.

Im Vergleich selbst mit dem kläglichsten Provinzflughafen Deutschlands wirkten die Flughäfen Londons in ihrer Bauweise ärmlich. Betrachtete jedes deutsche Regionalparlament den Flughafen als Visitenkarte seiner Region, so war die englische Regierung ausschließlich an Gewinnmaximierung interessiert. Heathrow war keine Visitenkarte. Heathrow war ein Profitcenter. Kannstatt mochte es, wenn der Kapitalismus sich nicht im Sonntagsstaat lächerlich, sich nicht zum Affen machte. Er hatte gelernt, jedes Unternehmen sofort einzuschätzen. Gewinn- und Verlustrechnung. Deckungsbeiträge. Sie sprangen ihn an. Er mochte es nicht, wenn Investitionen keine vernünftige Absatzbetrachtung zugrunde lagen. Sein Blick wanderte über die unverkleideten Decken des Heathrow Airport, und er nickte anerkennend.

»Sir, hey, Sir ...«

Yes, ja, ja. Er stand im Weg.

Kannstatt nahm in einer ruhigen Ecke des Gebäudes Platz. Er nutzte die Kurzwahl, um seine Frau anzurufen, und es geschah das, womit er gerechnet hatte: Anrufbeantworter. »Hier ist der Anschluss von Lisa, Yvonne und Irene Kannstatt ...«

Er legte auf. Sollte er eine Nachricht dieser Tragweite auf dem Anrufbeantworter hinterlassen? Er wählte erneut, hörte die Stimme seiner Frau, wartete auf die Worte: »Sprechen Sie nach dem Piepton.«

»Irene, bist du da?« – Pause – »Ich will dir sagen, dass ich heute Mittag in Zürich Altmann getroffen habe. Ich soll dich grüßen, übrigens. Er sprach von einer schwierigen Gefechtslage, davon, dass es nötig sei, die Truppenstärke zu reduzieren, das müsse ich verstehen. Und dann, dann habe ich ihn mir zum ersten Mal mit deutlichen Worten zur Brust genommen. Habe ihn gefragt nach all den Deckungsbeiträgen der verschiedenen Konzernbereiche, wollte von ihm wissen, wie sich die Geschäftsentwicklung zum Plan verhält, warum sich gerade sein eigener Vorstandsbereich negativ entwickelt. Die Abweichung ist ja nicht unerheblich. Ich hatte den letzten Geschäftsbericht dabei. Position für Position habe ich abgefragt. Was soll ich dir sagen, Irene? Er hatte die Zahlen nicht mehr präsent. Das gab er auch zu. Niemand habe ihm je so transparent ein wöchentliches Dossier zusammengestellt wie ich. Niemand. Und jetzt lässt er zu, dass das Schiff in rauer See ohne mich, also orientierungslos, vor sich hin schlingert. Ich muss etwas tun, Irene! Ich bin es der Mannschaft schuldig. Manchmal muss man einen Mann opfern, damit alle anderen …« Kannstatt atmete tief durch.

»Irene, wenn eine bestimmte Entscheidung nicht von Altmann korrigiert wird, muss dieser Mann eliminiert werden. Ich bin zu allem entschlossen. Ende.«

Er hörte den Worten hinterher, die er atemlos auf den Anrufbeantworter gesprochen hatte. Er war zufrieden. Nun war es raus. Einen Rückruf erwartete er nicht. Für einen kurzen Moment bedauerte er allerdings, das Telefonat nicht mit einem lieben Gruß beendet zu haben. Aber es war Krieg. Ja, er, Simon Kannstatt, war sich dessen bewusst, mehr denn je. Das Wort *Kündigung* hatte er vermieden.

Kannstatt stieg im Trusthouse Forte ab, direkt am Flughafen. Jetzt, zwischen Weihnachten und Neujahr, war das Hotel kaum belegt. Diesem Umstand verdankte er ein Upgrading: zwei zusammenhängende Zimmer – in der Sprache des Hotelmarketings eine Princess-Suite. Er legte seine zwei schweren Aktentaschen auf den großen Schreibtisch und beschloss, über Nacht an den Unterlagen zu arbeiten, die er seit September mit sich herumschleppte.

Darunter befanden sich Verträge, Vorträge, Gutachten, die er in den vergangenen Jahren angefertigt hatte. Er hatte sie an seinem letzten Arbeitstag einfach mitgenommen, nicht etwa, weil er Böses im Schilde führte oder gar Rache im Sinn hatte. Nein, er hatte vielmehr die Absicht, alles noch einmal auf Verbesserungsmöglichkeiten hin zu überprüfen. Und genau das hatte er in den vergangenen Wochen auf zahllosen Flügen und in verschiedenen Hotelzimmern getan. Seine Beflissenheit blühte, ja wucherte wild, unabhängig von der Anerkennung anderer. Für ihn war es bestürzend, Fehler zu finden, auch wenn sie noch so geringfügig waren. Dann setzte er sich weniger mit den handwerklichen Unzulänglichkeiten auseinander, sondern mit der Situation, in der er sich befunden hatte, als er den Fehler beging.

Um drei Uhr morgens saß er noch immer über einem Vertrag, den er vor knapp zwei Jahren für die Firma abgeschlossen hatte. Er war ein Erfolg gewesen, damals. Und dennoch spielte Kannstatt erneut die Dealstruktur durch, überprüfte, was man hätte besser machen können. Waren die Forderungen ausreichend gesichert, war das Zahlungsziel für die Company optimal gewesen? Er schaute von den Papieren auf.

Während der Verhandlungen hätte er fast den Geburtstag seiner Tochter vergessen. Als er eher zufällig seine Frau anrief, wunderte er sich über den Lärm zu Hause und fragte, was los sei.

»Deine Tochter hat Geburtstag«, erwiderte sie knapp. Ein kurzes Gespräch mit seiner Tochter folgte. Unbeholfen, fremd, damals schon. Er hätte es lassen sollen.

Im Kopf von Simon Kannstatt entwickelte sich in dieser Nacht eine Idee: Die Welt geriet langsam, aber unaufhörlich in die Hände derer, die Sprache als Nebelbombe verwendeten, die Desinformation streuten, die imstande waren, alles zu hinterfragen; die, da sie reden konnten, ihre handwerklichen Mängel vertuschten. Die Wirtschaft glitt ab in eine Schieflage, die Saboteure – Hohepriester der Konjunktive und Schachtelsätze – verursachten Arbeitslosigkeit und soziale Notlagen. In der Welt der Wirtschaft bekamen diejenigen das Ruder in die Hand, die Interessen unterschiedlicher Gruppen wortreich moderierten. Altmann war geradezu ein Repräsentant dieser akademischen Geschwätzigkeit.

Am nächsten Morgen nahm Kannstatt im Frühstücksraum, der, abgesehen von ein paar japanischen Geschäftsleuten, leer war, einen Kaffee und knabberte nachdenklich an einem Muffin. Plötzlich stand er entschlossen auf, eilte auf sein Zimmer zurück und schrieb die folgenden Worte nieder:

»Altmann, in Zeiten des Krieges schickt man niemanden in Urlaub und nimmt selber auch keinen. Es ist meine Pflicht, Sie darauf hinzuweisen, dass ich es als im Interesse des Unternehmens sehe, Sie zu liquidieren. Es wird wie unter Ehrenmännern geschehen. Sie können dem natürlich zuvorkommen, indem Sie selbst Hand an sich legen.«

Dieser Brief an Altmann war von nun an sein Credo.

Er trug ihn bei sich, in der Innentasche seines Sakkos. Ihn sofort abschicken, das konnte und wollte er nicht.

Simon Kannstatt hatte vor drei Monaten die Entscheidung getroffen, die ihm angemessen erschienen war. Er erinnerte sich genau an den Moment, der zu diesem Schritt geführt hatte, kurz nach seiner Kündigung. Er flog von München nach Hamburg, es war spät, es war der letzte Flug. Wie immer begann Kannstatt, die Mitreisenden zu mustern, sie kritisch zu betrachten. Es waren Männer, die schwiegen, weil sie nichts mehr zu sagen hatten. Einige tranken Rotwein, andere lasen irgendeine Illustrierte. So unterschiedlich wie eine Gemeinde beim Kirchgang, so unterschiedlich war diese Crew, die sich in den Dienst irgendeiner Sache, irgendeines EBITS, irgendeiner Erlösprognose stellte. Sie einte außerdem ein gemeinsames Verständnis, ein gemeinsamer Glaube. Kannstatt gefiel diese Atmosphäre. Deshalb traf er in diesem Augenblick die Entscheidung, in den nächsten Monaten die Business-Class in den Mittelpunkt seines Lebens zu stellen und sich seine alten Verträge noch einmal vorzunehmen. Er wollte Teil des Ganzen bleiben, wie sein Vater, der nach Kriegsende die Kameraden nicht missen wollte. Er empfand die, die da saßen, als Kreuzritter für eine gute Sache. *Men with a mission*, einsam, unverstanden. Opfer, Täter, wer wollte da die Grenze ziehen. In dieser Gruppe ließen sich vielleicht Aufrichtige finden. Für einen Kampf gegen solche, die die Lehre des Kapitalismus, des Wettbewerbs verwässerten und verniedlichten. Er sah sich – wenn auch gekündigt – als Taliban des Kapitalismus, als Retter der reinen Lehre.

Kannstatt gefiel die Vorstellung, eine Art Soldatenkönig zu sein, der für seine Truppe alles gab – das Bürgertum aber zur Stadt hinausjagte.

Sein geräumiges Londoner Hotelzimmer verwandelte sich langsam in ein Therapiezentrum. Kannstatt schrieb Gedanken nieder, verfasste theoretische Überlegungen, verwarf sie wieder. Er schrieb sich *die Seele vom Leib*. Wörtlich genommen. Die Folgen waren fürchterlich. Der Fußboden war bedeckt mit Papieren, Verträgen, Zeichnungen …

Er schritt ein Quadrat ab. Erst wenn er in diesem Quadrat alles begriffen hatte, ging er weiter zum nächsten. Keinen Moment früher. So war er seine Karriere bereits als Trainee angegangen. Mitunter war sie ihm auch entgegengekommen. Zu früh, hatte er damals gefunden. Das erste Quadrat war noch nicht abgeschritten, da schob sich das zweite schon unter seine Füße.

Er hatte zu diesem Zeitpunkt nicht gewusst, wie er seine damals noch von Idealen infizierte Persönlichkeit mit dem beruflichen Lebensweg in Einklang bringen sollte. Er gab sie also beim Pförtner ab, in der Erwartung, dort würde sie erst mal sicher verwahrt. Zwischenlagerung bis zur weiteren Verwendung.

Unter den Dokumenten entdeckte Kannstatt plötzlich einen Zettel, der dort nicht hingehörte. Er fiel zu Boden. Kannstatt hätte ihn liegen gelassen, wenn er nicht sofort die Handschrift seiner Frau erkannt hätte.

> Milch (Fettstufe mager)
> Ananas
> Bulgur
> Rohkost

Ein alter Einkaufszettel, vom Reklameblock einer Taxizentrale abgerissen. Kannstatt legte diesen Zettel in seine Brieftasche, zog sich ein Sakko über und verließ die Suite. Es war schon spät am Abend, gedankenverloren ging er den leeren Hotelflur entlang und verschwand schließlich im Fahrstuhl. An der Rezeption erkundigte er sich nach dem hoteleigenen Airport-Shuttle.

»Sie wollen bereits abreisen?«

»Nein, ich möchte für ein, zwei Stunden einfach nur hin- und herfahren. Pendeln halt.«

»Sir, ich befürchte, das geht nicht. Wir fahren zwischen den Jahren nicht wie sonst nach Fahrplan, sondern nur nach Bedarf.«

»Hören Sie, ich gebe Ihnen jetzt fünfzig Pfund, und dafür fährt mich ein Fahrer zwei Stunden lang hin und her!«

»Nehmen Sie kurz in der Lobby Platz. Wir haben dort ein kleines Käse-Buffet für den eiligen Gast. Wenn der Wagen da ist, rufe ich Sie.«

Er tat wie ihm geheißen. Das Buffet entpuppte sich als Promotion-Aktion englischer Käsehersteller. Da waren sie alle aufgereiht, jeweils mit Erklärungen zu Herkunft und Geschichte in drei Sprachen: Cheshire, Derby, Red Leicester. Single Gloucester, Blue Stilton. Über den Cheddar las er:

Nach dem Schneiden der Bruchmasse in kleine Würfel erfolgt das sogenannte scalding, *das Erwärmen der Masse. Nach dem Ablaufen der Molke wird der Bruchkuchen in Blöcke geschnitten, die aufeinandergeschichtet werden, um nachzusäuern. In kurzen Abständen werden sie umgestapelt* (cheddaring), *um durch das Eigengewicht ein komplettes Auspressen der Molke zu erzielen. Die so behandelten Rohkäseblöcke werden zu Schnitzeln zerkleinert* (milking).

»Ihr Wagen ist da.« Ein junger Mann riss ihn aus der Lektüre des Textes, der ihm irgendwie gewalttätig erschien und ihn nicht zuletzt deshalb an die Schulzeit erinnerte. Wortlos folgte er dem Fahrer. Vor der Tür ein Suzuki Minibus. Er nahm in der hintersten der vier Reihen Platz und hatte damit den größtmöglichen Abstand zum Fahrer.

»Soll ich Ihnen die Gegend zeigen?«

»Nein, sollen Sie nicht. Fahren Sie ein paar Mal hin und her, die reguläre Route zu den Terminals und wieder zurück.«

»Gerne, Sir. Wenn Ihnen das nicht zu nervtötend ist.«

»Meine Ehe war nicht anders. Hier sind fünfzig Pfund. Fahren Sie los!«

Er fingerte, nachdem sie einige Minuten unterwegs waren, den Einkaufszettel hervor. Seine Frau, so vermutete er, hatte nie einen Ehemann gebraucht, eher einen Hausmeister. Sein Nachfolger passte ins Bild. Viel geerbt, viel verjubelt, nun gab er den Tröstertyp. Der Mann, der Glühbirnen auswechselt, das Auto repariert und zuhören kann. Und das werktags ab 10.30 Uhr. Den ganzen Tag. Kannstatt hatte solche Typen nie gemocht; ihn, der nie geerbt hatte, dem nie etwas geschenkt worden war, beschlich die Erkenntnis, dass sich die Öffnung ins Private für ihn nicht gelohnt hatte. Er, der die Reisen durch die Airport-Hotels Europas wie ein Manöver, die Business-Class wie einen Truppentransport empfand, musste nun schmerzlich zur Kenntnis nehmen, dass seine Frau, die im Leben außer Hysterie und Koketterie nie viel zu bieten gehabt hatte (so zumindest sah er es jetzt), in den Armen eines BILD-Zeitung lesenden Armleuchters lag, der nie, wirklich nie, auch nur *ein* berufliches Brett durchbohrt hatte. Das war keine Liebe. Das war eine Selbsthilfegruppe.

Seine Frau hatte ihn, auch während sie noch unter einem Dach lebten, oft ratlos gemacht. Sie stammte aus gutem Hause, war früh an Literatur herangeführt worden, und die Verfeinerung ihrer Sinne rührte von einer musischen Erziehung nicht ohne Strenge. Als die beiden Töchter merkten, dass die Eltern über keine gemeinsame Atmosphäre verfügten, und auch nicht in der Lage waren, etwas Ähnliches aufzubauen, wandten sie sich sehr eindeutig der Mutter zu. Sicher empfanden sie den Vater als gerecht und akzeptierten ihn als Autorität. Gleichwohl war die Mutter der Kosmos, eine Welt, zu der sie sich hingezogen fühlten. Wohl auch deshalb, weil dieser Kosmos vom Vielschichtigen lebte, vom Nuancenreichtum. Kannstatt verstand nicht, dass die Einfalt die Voraussetzung für die Akzeptanz männlicher Hierarchien ist, gleichsam aber für Frauen Stumpfsinn bedeutet. Er unterlag dem Fehler, dem wohl viele Geschäftsmänner unterliegen, die glauben, dass ihre Arbeit und die Welt des Geschäftemachens in irgendeiner Form für Frauen erotisch sei. Das war wohl nicht der Fall. (Mal abgesehen von den Sekretärinnen, die sich der Männerwelt fügen, um dann in ihr erotische Erfüllung zu finden oder geheiratet zu werden, was nicht dasselbe sein muss.)

Nach der Trennung hatte seine Frau zurück in den

Beruf gefunden. Wie er hörte, war es ihr nie so gut gegangen. Die Töchter entwickelten sich ebenfalls fabelhaft. Das Band zwischen den drei Frauen war nicht zu durchtrennen. Kannstatt blieb außen vor. Er blieb zu Hause außen vor, er blieb in der Firma außen vor, und da er jedes Selbstvertrauen, jede gesellschaftliche Akzeptanz aus der Stellung im Beruf ableitete, befand er sich mehr denn je auf Glatteis.

»Lassen Sie mich aussteigen!« Kannstatt rang nach Luft.

»Aber wir sind nur einmal hin- und hergefahren.«

»Mir reicht's.«

Kannstatt stürmte zurück auf sein Zimmer. Er fühlte sich leer und ausgenutzt. Er befand, dass *das Private* der Grund dafür sei. Er hatte sich davon ablenken lassen, und das hatte ihm geschadet. Das Private war nun endlich abgeschafft. Das hätte er schon früher tun sollen!

Direkt nach der Kündigung waren für eine Weile alle seine Antennen auf Empfang geschaltet gewesen; da musste doch jemand anrufen, der ihm etwas anbot.

Wenn sich zwei amerikanische Landstraßen kreuzen, stehen an der Ecke ungefähr zwanzig bis dreißig Briefkästen. So empfand er seine Situation. Er stellte an jeder Straßenecke zwanzig bis dreißig Briefkästen auf, in der Hoffnung, es würde dort eine Offerte hinterlegt. Weniger eine Offerte, die ihn in die Lage versetzte, Geld zu verdienen. Eher eine Offerte, die ihn zurückbrachte in das gesellschaftliche Umfeld, das für ihn Voraussetzung war, überhaupt zu existieren. Lieber schlecht bezahlt im Job als gut abgefunden auf der Parkbank.

Als nichts passierte, schottete Kannstatt sich schließlich zunehmend ab. Die Quadrate, auf die er sich in

Zukunft konzentrieren wollte, waren klar definiert. Geordnet nach Prioritäten:

- Vervollkommnung der professionellen Kenntnisse
- Verfeinerung des handwerklichen Könnens, vor allem des Verhandlungsgeschicks, bei gleichzeitiger Überprüfung persönlicher Schwächen
- Besinnung auf ein soldatisch-karges Leben inmitten der bisweilen opulenten Welt des Geschäftslebens
- Rekrutierung der besten Kräfte aus den Reihen der Business-Class für den Kreuzzug gegen die Feuilletonisten
- Auslöschung Altmanns, *der den Schuss nicht gehört hatte.*

Alles fußte auf seiner Überzeugung, dass Vorstandsbereiche, ja Firmen, nicht in die feuchten Hände der Überforderten gehörten.

Diesen Katechismus persönlicher Kriegsführung, diesen Schlachtplan eines Idealisten des Kapitalismus, las er laut vor. Wie der Chefideologe einer Partei hämmerte er die Wörter gegen die leeren Wände des Frühstücksraums im Trusthouse Forte. Man hatte extra für ihn geöffnet, sogar Kaffee und Wasser bereitgestellt, nachdem er das Personal darauf hingewiesen hatte, dass der Konferenzraum wegen einer ausklingenden Familienfeier im Nebenraum und aufgrund der damit verbundenen Geräusche nicht akzeptabel sei.

Kannstatt holte den Brief an Altmann hervor, den er bisher noch nicht abgeschickt hatte. Er überprüfte die Formulierungen und stellte fest, dass sie standhielten. Der Brief taugte etwas, er war Programm, er war die Niederschrift seines Kreuzzuges. Kannstatt ging mit festem Schritt durch die menschenleere, nächtliche Lobby des Hotels. Er gab den Brief einer jungen Frau an der Rezeption, die ihm versprach, das Dokument gleich am nächsten Morgen auf den Weg zu bringen.

Kannstatt setzte seine Reise fort. Mit dem Wissen eines Menschen, der mit Mooren und Sümpfen vertraut ist: Bleibt man zu lange auf einem Fleck stehen, wächst die Gefahr einzusinken, zu versinken in einer Masse, die Lebensgefahr bedeutet. Noch zog er die Bewegung dem Innehalten vor. Noch glitt er mit hoher Geschwindigkeit über dünnes Eis und vermied so – wie er glaubte – den Einbruch ins dunkle Meer, in sein dunkles Meer.

Je mehr Kannstatt sich der Lebensform näherte, die ihm vorschwebte, desto mehr war er imstande, aus sich herauszutreten, Abstand zu sich zu gewinnen, sich zu analysieren, so wie man einen Motor analysiert.

Diese in ihm aufkeimende Fähigkeit ließ ihn zum einen erkennen, dass er gar nicht mehr gesellschaftsfähig sein wollte. Zum anderen glitt er in eine Sinnesspaltung ab. Es schien ihm, als herrsche die eine, vom Vater geprägte Person wie eine Steuerungseinheit über die andere. Vielleicht, so dachte er, wird ihm dieser Umstand in seinem Feldzug eine größere, gewaltigere Durchschlagskraft verleihen. Noch war die Steuerungseinheit stärker, der Gesteuerte schwächelte hin und wieder, zeigte Zweifel. Die Stärke des einen Kannstatt wurde durch die Schwächen des anderen Kannstatt konterkariert. Noch.

Erst in dem Augenblick, in dem er plötzlich nicht mehr wusste, wo er war, in welcher Stadt, ja in welchem Land er sich aufhielt, empfand er nach langer Zeit wieder so etwas wie Glück. Für eine Minute, nicht länger. Hier waren die beiden Kannstatts plötzlich eine Person. Beide dienten der Aufgabe, nichts lenkte sie ab. Stellt sich das Glück ein, fragte er sich, wenn die Aufgabe ein größeres Gewicht, eine größere Aufmerksamkeit bekommt als die Person, die in ihrem Dienst steht?

Kannstatt lehnte es ab, von Billig-Airlines transportiert zu werden. Nicht, weil es dort zu wenig Prestige zu tanken gab. Sie rochen ihm nach zu viel Lebensfreude.

Die nie fliegen, freuen sich auf den Start. Kannstatt war lieber unter denen, die die Flughöhe bereits erreicht hatten. Gelassen.

Als er jetzt wie immer mitreisende Geschäftsleute beobachtete, blieb ihm kein Detail verborgen. Es war nur eine kleine Bewegung. Der linke Arm drehte sich um wenige Zentimeter. Nichts wäre naheliegender gewesen, als dabei die rechte Hand zu Hilfe zu nehmen, wenn etwa Probleme auftauchten, wie zum Beispiel eine am Handrücken aufliegende Manschette. Oder der Ärmel des Sakkos. Wann immer Kannstatt im Truppentransport unterwegs war, dekodierte er die Passagiere, so auch auf diesem Flug von London nach Frankfurt. Er nahm wahr, wer diese kleine Bewegung beherrschte und wer nicht. Er registrierte, wie viel zum Vorschein kam, zum Vorschein kommen sollte. Es war seine Sache nicht. Soldatenkönig ja, Sonnenkönig nein. Der Reichsapfel, das Zepter der Sonnenkönige, ist die Armbanduhr. Sie scheinbar beiläufig freizulegen: ein Kabinettstück. Die Feuilletonisten bevorzugen Patek mit Lederarmband. Die Golduhren waren ihm sympathischer, die Swatch sowieso. Die Reklame-Uhrenträger hatten am ehesten seine Akzeptanz. Mehr als Akzeptanz hatte Kannstatt ohnehin nicht zu vergeben.

Die Landung nahm er hin, hoffend, eines Tages nicht mehr ankommen zu müssen, für immer in der Business-Class bleiben zu können.

Frankfurt verfügte über ein Fachgeschäft für Waffen aller Art, das er aus seiner Studienzeit kannte. Es lag ganz in der Nähe seines alten Studentenwohnheims.

Die Frau, die sich anschickte, ihn zu bedienen, erschreckte ihn. Allein die Frage, wie sie ihm helfen könne, machte ihm bewusst, dass er seit einiger Zeit nicht mehr kommuniziert hatte. Diese Frage versetzte ihn in Panik. Dass die Frau verbindlich lächelte, machte die Sache nicht einfacher.

»Was ist erlaubt?«, hörte er sich fragen. »Was erlaubt das Gesetz?«

»Auf was wollen Sie schießen?«

Kannstatt wich aus. »Ich plane ein Duell.«

Die Frau sah sich prüfend um: »Dann kommen Sie heute Abend wieder.«

»Wieso? Verlangt das besondere Waffen?«

»Ja.«

Die Existenzangst hatte begonnen, als Kannstatt glaubte, etwas verteidigen zu müssen, das ihm, bevor er es sich erarbeitet hatte, gar nicht erstrebenswert erschienen war: Respekt. Er wurde ernst genommen. Zumindest von denen, die ihm untergeordnet waren. Gleichzeitig verengte sich sein Blick auf die Welt, die ihn umgab. Sein Beruf erinnerte ihn irgendwann an eine aggressiv wuchernde Kletterpflanze, die schadhaften Putz an der Wand des Hauses überdeckt. Die Wurzel war nun gekappt, das Klettergewächs welkte, das Haus wurde in seiner Brüchigkeit, seiner Verletzbarkeit entblößt. Von nun an war die Front überall. Der Feind stand in der Heimat und pochte an die Tür.

Lange konnte er die Entscheidung nicht treffen: Sollte er die Feuilletonisten bewundern oder verachten? Bewundern, weil sie das Libretto ihres Lebensthemas aufgrund ihrer Eloquenz aus dem Stegreif zu extemporieren verstanden? Für Kannstatt war diese Eloquenz wie eine Fremdsprache, die er vergessen hatte zu lernen. Dann, irgendwann, begann er, sie zu verachten. Im Kampf, in seinem Kampf, bedurfte es nicht des Nebensatzes. Wenn es überhaupt der Sprache bedurfte! Oder, präziser gesagt, des Tonfalles, der der Sprache wie ein Transmissionsriemen zur Verfügung stand. Ein Gleitfilm, der die Worte zum Ausrutschen bringen konnte, der dem Klang den Atem gab. Wie soll man das bewältigen können, fragte sich Kannstatt, wenn man im Ruhezustand bereits atemlos war?

Der Erwerb der Waffen am Abend verlief ohne Zwischenfall. Blickkontakt mit der Verkäuferin vermied er. Auch das Verladen der Waffen in seinen Mietwagen blieb unbeobachtet.

»Wieso zwei?«, fragte Kannstatt irritiert.

»Duell mit einer Waffe ist Mord.«

»Natürlich.«

Danach war Kannstatt erleichtert. Was ihm missfiel. So sehr, dass er dieses Gefühl bekämpfte, sobald es sich einstellte. War Erleichterung, war Entspannung etwa ein geeigneter Nährboden für Mord? Kaum. Es war an ihm, dafür zu sorgen, dass Altmann bekam, was er verdiente. Das Ziel aus den Augen zu verlieren ist unverzeihlich. Das hatte ihn sein Vater gelehrt. Verabredungen mit sich selbst galt es einzuhalten. Zweifel können keimen auf dem Weg zum Ziel, zersetzen dürfen sie den Entschluss jedoch nicht.

Kannstatts Vater war ein imposanter Mann gewesen. Rechtsanwalt von Beruf. Eingebettet in einen Wertekanon, dessen Architektur dem Sohn so stabil erschienen war, dass er die Möglichkeit zu rebellieren nahezu ausgeschlossen hatte. Kamen Schulfreunde zu Besuch, wurde der Vater bewundert. Sein Sarkasmus brachte die Lacher auf seine Seite. Seinem Vorbild zu folgen war ihm schon damals ratsam erschienen.

Der Bergsteiger weiß, dass die Gefahr des möglichen Absturzes die Voraussetzung für den sicheren Aufstieg ist. Kannstatts Vater war kein Bergsteiger. Kannstatts Vater war ein Flaneur. Seine Karriere schien einem *Walk in the Park* zu gleichen. Mühelos. *Misserfolg* war nicht nur im Sprachgebrauch nicht vorhanden.

Er hatte das nie vergessen: Nach irgendeiner Niederlage, gleich in seinen ersten Berufsjahren, hatte er mit seinem Vater eine offizielle Veranstaltung besucht. Sein Vater hatte das Gespräch mit ihm in der Öffentlichkeit demonstrativ gemieden. Misserfolg kam in dieser Familie nicht vor. Misserfolg hatten andere. »Löse das Problem! Löse es zu deinen Gunsten.« Das war die einzige Empfehlung, die sein Vater imstande war zu geben. Doch auch Kannstatt selbst war sich eines Versäumnisses bewusst. Er hatte viel zu lange den Rat der Eltern gesucht, den Trost, die Heimstatt. Er hatte sich nicht emanzipiert, war mental ein Kind geblieben. Aber wenn man das irgendwann begriffen hat, ist es zu spät. Die Abnabelung von starken Vätern schafft man früh oder gar nicht. Genau das war Kannstatts größter Trugschluss gewesen: die Hoffnung, dass Vaters Windschatten den eigenen Weg beschleunigen und sichern würde.

Kannstatt steuerte den gemieteten BMW mit mäßiger Geschwindigkeit über die Autobahn Richtung Schweiz.

Er erinnerte sich daran, dass seine Frau damals dem Vater gefallen hatte. Als er sie vorstellte, war die Wahrscheinlichkeit väterlichen Widerspruchs gering. Ihre familiäre Herkunft schloss den Protest von vornherein aus. Außerdem glich ihr Äußeres dem Prototyp der Rotarier-Ehefrau, bei der man stets im Voraus wusste, was sie sagen würde. Vater liebte keine Überraschungen.

Ihm dämmerte jetzt, dass er ohne seinen Vater womöglich eine bessere Entwicklung genommen hätte. Folgte auf seinen ursprünglichen Gedanken, das Reden einzustellen, nun die Erkenntnis, dass er gar nichts zu sagen hatte, weil er denjenigen nicht kannte, der da hätte sprechen können? Mit unbekanntem Ziel verzogen. An ihn adressierte Botschaften – keine Chance. Annahme verweigert. *Return to Sender.*

Im Auto allein zu sein heißt: keine soziale Überwachung. Ihn suchte die Ruhelosigkeit förmlich heim, er wusste, er würde Altmann umbringen müssen, bevor die Erleichterung weiter zunahm. Doch der Hass fand mit jedem Kilometer weniger Nahrung. Dem Steuermann schwanden allmählich die Kräfte. Die Quadrate, die er abzuschreiten pflegte, eines nach dem anderen, gewissenhaft, begannen sich aufzulösen.

Auf einem Parkplatz in der Nähe von Freiburg machte er eine kurze Rast und ging ein paar Schritte auf und ab.

Sein Blick fiel auf das bewaldete Mittelgebirge. Es roch nach Heimat, und dennoch fühlte er sich einsam. Selbst die Fernfahrer am anderen Ende des Parkplatzes haben es besser, dachte er. Die haben wenigstens ein eigenes Bett dabei. Er setzte sich, ohne zu fragen, zu einem Ehepaar auf die Bank, das gerade picknickte. Kannstatt nahm die beiden nicht wahr; er starrte noch immer hinüber zu den Ausläufern des Schwarzwaldes. Er war sich unsicher, ob mit dem Verlassen der Heimat nach dem Abitur nicht eine Entwicklung eingesetzt hatte, die sich darauf beschränkte, Erwartungen zu erfüllen, die er meinte, an sich stellen zu müssen.

Das Ehepaar bat höflich darum, dass er den Platz freigeben möge. Sie fühlten sich durch sein Schluchzen und seine Selbstgespräche gestört. Aufgeschreckt verließ er fluchtartig die Parkbank.

Er befand sich im Ausnahmezustand. Eine sich auflösende Person sieht man ja auch nicht alle Tage. In seinem Fieberwahn versuchte er, gerecht zu bleiben.

So wie die Stadt Wolfsburg eine befohlene Stadtgründung faschistischer Diktatur war, so empfand er sich jetzt als eine befohlene Persönlichkeitsgründung väterlichen Despotismus'. Altbauer stellt Jungbauer ein Haus hin. Der alte Kannstatt hatte dem jungen Kannstatt ein schlüsselfertiges Leben hingestellt. Extrawünsche wurden mitunter sogar akzeptiert und bauseitig geliefert. Englischen Geschäftspartnern hatte er vor Jahren davon erzählt. Sie schätzten seinen Humor. Das waren sie von Deutschen nicht gewohnt. Herzhaftes Gelächter. *German humour is like Dutch perfume* hieß es für gewöhnlich. Er bemühte das Gleichnis Leben und Haus noch einmal und gab zu Protokoll: »I don't hold the key to the house.« Die Engländer lachten. Kannstatt aber wollte gar nicht komisch sein.

Das Bild, das sich mit dem Gefühl der Einsamkeit einstellte, war immer dasselbe: Nordfriesland im November. Als kleiner Junge war er dort manchmal in den Ferien gewesen. Seine Mutter hatte ihn aus Kostengründen dorthin verfrachtet, in der irrigen Annahme, ihm etwas Gutes zu tun. Er dachte damals, dass der November hier zu Hause sei. Das ganze Jahr über. Hier wohnt der Monat, der keine Freunde hat. Jeder Sonntag ein Totensonntag. Auch im Sommer. Alles roch nach den stehenden Gewässern der Siele, selbst die Menschen, die sich ohne jedes Auflehnen in die Familienstrukturen einfügten und deren Äußerungen aus Texten zu stammen schienen, die Klügere Jahrhunderte zuvor geschrieben hatten.

Mit jeder Minute, die verging, setzte sich der norddeutsche November nun wie ein Krebsgeschwür in Kannstatts Knochen fest und zersetzte sowohl Handlungsfähigkeit als auch Entscheidungskraft. Alles schien nach Herbst und Fäulnis und Tod zu riechen, als wäre seine Kleidung in altem Sielwasser getränkt. In solchen Momenten glichen Flugzeuge Delphinen, deren kraftvoller Sprung ans Licht sie der Dunkelheit entriss, wenn auch nur für kurze Zeit. Auf den Fähren Nordfrieslands hatte er als kleiner Junge bei rauer See zu den Rettungsringen hinübergesehen. Das hatte ihn beruhigt. Heute nahmen für ihn startende Jets diese Funktion ein.

Um Himmels willen, jetzt nur schnell zurück in die Business-Class! Pläne verwerfen, Wagen weg, Waffen zurücklassen. Nur schnell zurück. Zu den Uniformierten, den Gleichgesinnten, den Anzugträgern, denen, deren Krawatten ihm manchmal vorkamen wie abgeschnittene Galgenstricke. Noch mal davongekommen, noch mal begnadigt. Auflage: keine Persönlichkeit, entkernte Gebäude.

Kannstatt schnappte sich ein Taxi, ließ sich zum nächsten internationalen Verkehrsflughafen bringen: Zürich. Geschulter Blick auf die Abflugtafel. Ferienflieger wurden aussortiert, ebenso Regionaljets. Alle ohne Business-Class. Der Flugplan war ausgedünnt zwischen den Jahren. Aber ein Airbus der American Airlines flog in zwei Stunden via Paris nach New York. Gott sei Dank.

Die Waffen hatte er zusammen mit dem Exekutionsplan im Kofferraum des Mietwagens zurückgelassen.

Die leere Vielflieger-Lounge gab ihm einen Vorgeschmack auf die endgültige Rettung. Das Leben blieb draußen. Kannstatt freute sich währenddessen auf das Besteigen des Jets, auf die Frage der Stewardess: »Kann ich Ihnen das Jackett abnehmen?« Er nahm sich vor, diese Frage mit einem kurzen und konzentrierten Nicken zu beantworten.

Bei American Airlines wurde Bourbon serviert. Die Stewardess stellte ihm ein weiteres Glas hin, ohne dass er sie darum gebeten hätte. Sie war wohl in den späten Fünfzigern. Die Uniform meinte es nicht gut mit ihr. Eine zu enge Lederweste, ein zu kurzer Rock. Kannstatt diagnostizierte Entwürdigung.

Der Mörder ist ein Handwerker, der mit Ruhe seiner Arbeit nachgeht. Davon war er weit entfernt. Ein Duell, ja, da hätte er zur Verfügung gestanden. Ein Duell! Da war er Romantiker und alttestamentarisch zugleich. Alles verzeihen, nichts vergessen. Die Welt war verseucht von Konsensfetischisten. Aber Mord – die Schmalspurvariante des Duells –, nein, nicht seine Gehaltsklasse. Oder vielleicht redete er sich das auch alles nur ein, um nicht ganz sein Gesicht zu verlieren, um seine Schwäche zu rechtfertigen.

Warum war das Ziel, Altmann zu töten, um das Schiff vor dem Untergang zu bewahren, außer Sicht geraten? Die Frage quälte ihn. Er gelangte nach einer Weile zu der Überzeugung, dass Unternehmer die besseren Vollstrecker sind als leitende Angestellte. Er verstand, dass er dafür ausgebildet war, nur in Teilbereichen zu funktionieren, ohne das Ganze im Blick haben zu müssen. Er empfand sich als Fließbandarbeiter, der seinen Griff beherrschte. Es kam ihm entgegen, sich mit dem Teilbereich zu bescheiden und nur die Persönlichkeit dem Ganzen unterzuordnen.

Ein Komplott gegen den General bedarf eines Führungsoffiziers. Kannstatt war es nicht. Ihm mangelte es an Impulsen. Sein Talent verlor sich im Beurteilen der Dinge. Kannstatt urteilte, wusste und schwieg. Zunehmend erfuhr er mehr über sich. Und je mehr Wissen er ablegte, akribisch wie ein Archivar, desto schwieriger erschien es ihm, daraus etwas zu machen. Sich das Vergangene zu vergegenwärtigen. Das aufgestaute Wissen anzuwenden, bevor der Damm unwiederbringlich brach.

Die American Airlines nahm Kurs auf den Westen Irlands, um von dort aus den Atlantik zu überqueren. Ein Bildschirm gab Kannstatt die exakte Position des Flugzeuges an, man war jetzt über dem Nordwesten Frankreichs. Kannstatt fragte sich, ob er es überhaupt schaffen würde, drüben anzukommen. Würde er über Neufundland noch leben? Die Zweifel mehrten sich.

Als Junge war er einmal in Irland gewesen. Die Landkarte auf dem Screen ließ längst verschollen geglaubte Bilder wiederauferstehen. Galway ... Cong, wo John Wayne *The Quiet Man* gedreht hatte. Kannstatts Hero. Der Mann, der nie sprach. Nie wusste man, woher er kam und wohin er ging. Er diente der Sache. Kannstatt besuchte ihn oft im Kino. Das Kino war wie ein Reisebüro, in dem Wayne das Hausrecht besaß. Wayne kam nie zu dem jungen Kannstatt nach Hause. Der Vater hätte diese Filme im Fernsehen nicht geduldet. Was sich im Nachhinein als gut erwies. Kino! Kannstatt wollte nicht auf Wayne herabsehen. Er wollte aufschauen zu ihm. Er wollte, dass er *bigger than life* war. Leinwandgroß.

Über dem offenen Meer fühlte Kannstatt, wie die Gefahr zunahm. Die Unruhe wuchs. Er klammerte sich an Erinnerungen. Zwecklos. Er zerfiel – so sein Eindruck – zu Staub.

Seine Gedanken mäanderten, alles verlor seine Kontur. In seinen letzten Lebensminuten nahm Kannstatt die Turbulenzen über dem Atlantik nicht wahr. Das waren wohl die Vorboten dessen, was kommen würde, was kommen musste.

Er dachte darüber nach, eine Todesanzeige aufzugeben. Der guten Ordnung halber. *Nach langer schwerer Krankheit* – warum nicht. *Plötzlich und unerwartet* stimmte auch. Der Soldatenkönig stellte an Bord einer Maschine der American Airlines hoch über Grönland fest, dass es ihn nicht mehr gab.

Er fand Gefallen an der Idee. Auch daran, so spielerisch die Frage beantworten zu können, was nach dem Tod kommt. Der Purser brachte ihm auf sein Geheiß hin Stift und Papier. Und diktierte, in hohem Tempo und mit leichtem Schweizer Akzent, den folgenden Text:

»Plötzlich und unerwartet starb auf dem Flug von Paris nach New York Simon Kannstatt. Er hinterlässt Zweifel, die zur Verzweiflung geronnen sind. Menschen in tiefer Trauer sind nicht bekannt. Simon Kannstatt ist unmittelbar nach Ankunft der Maschine in Newark, New Jersey, beigesetzt worden.«

»Woher wissen Sie das? Woher wussten Sie, dass ich genau dies schreiben wollte?« Kannstatt war leichenblass.

»Mein Name ist Roger. Ich bin der Purser auf Ihrem Flug, Ihrem Lebensflug. Wir werden uns von jetzt an ab und zu treffen. Immer dann, wenn Sie nah bei sich selbst sind, auf der Flucht vor Ihrem antrainierten Ich. Ich bin, wenn Sie so wollen, der Zeremonienmeister Ihrer Träume. Wenn Sie nicht wie Rilkes Panther enden wollen, empfehle ich, dass Sie die Richtung Ihres Lebens ändern, und zwar nachdrücklich. Etwas Besseres finden Sie allemal, was allerdings auch nicht sonderlich schwierig sein dürfte.«

Der Mann, der Simon Kannstatt war, bekannte sich ab sofort dazu, kein Schicksal mehr zur Verfügung zu haben. Hoch über dem Atlantik abhandengekommen. Letztlich dachte Kannstatt sogar, der Tod hätte wohl schon vor längerer Zeit eintreten müssen. Er kam ja nicht ohne Tücke; er kam von innen, erfasste alles, was nicht widerstandsfähig war, und drang erst dann nach außen. Ein Baum fault lange, bevor er umfällt. Auf sein Denkvermögen hatte er sich immer weniger verlassen können. Seine Begabungen ließen nach. Seine analytischen Fähigkeiten ersetzte er zunächst durch Willensstärke; es war eine Frage der Zeit.

Über dem Atlantik hörte Kannstatt, der bereits aufgehört hatte zu sprechen, nun auch auf zu *sein*. Er dachte nicht mehr nach. ES dachte. Die Erinnerungen verblassten, Assoziationsketten brachen entzwei. Als sein eigener Schatten reiste Kannstatt in die USA ein.

Er wurde gelenkt. Zunächst durch die Passkontrolle. Den schwarzen Officer der US-Immigration nahm er wahr wie ein Kind – ungläubig staunend. Alles war gelöscht, jeder Eindruck schien neu. Dadurch gewaltiger. Die Frage, ob er aus privaten oder beruflichen Gründen hier sei, vermochte er zunächst nicht zu beantworten. Der Officer wiederholte seinen Text, langsamer, deutlicher. Kannstatt nickte bei privat.

Wo er denn bleiben wolle während seines Aufenthaltes? In New Jersey? In Newark?

Ja, in Newark, in New Jersey.

Er konnte kaum mehr laufen, er war zu erschöpft. Zu viele Eindrücke für ein Kind. Ein Taxifahrer musste ihn zur nächsten Siedlung bringen, ganz in der Nähe des Flughafens. Kannstatt quartierte sich in einer Pension mit dem Namen Atlantic Crossing ein. Sieben US-Dollar pro Nacht, zwei Nächte konnte er im Voraus bar bezahlen. Er schleppte sich eine schmale Treppe hinauf, gefolgt von einem Typen, der ihn misstrauisch beäugte.

»Hier der Raum links. Leise ist es nicht, die Zimmer nach hinten wären es, sind aber teurer.« Kannstatt nickte.

»Telefonieren kannst du unten bei mir.« Der Typ verschwand, nicht ohne im Spiegel über dem Waschbecken seine Frisur zu überprüfen, die an die Blätter einer Ananas erinnerte.

Kannstatt blickte sich um. Das Bett stand längs zum Fenster. Es hatte einen hölzernen Rahmen und an Kopf- und Fußende geflochtene Bastelemente, die in erstaunlich gutem Zustand waren. Daneben ein Tisch, ebenfalls aus Holz, auf dem ein Vormieter die Worte *Gourmet Dining* eingeritzt hatte. Die zwei Stühle waren offenbar Küchenstühle, die Sitzflächen fragil. Auf einem stand ein Kofferradio aus den Sechzigern, Typ Bajazzo. Kannstatt ließ sich aufs Bett fallen und schlief sofort ein. Durchaus, wie er sich später erinnern würde, mit einem gewissen Gefühl des Angekommenseins. Wenigstens für den Moment.

»Dich wieder auf die Beine zu stellen ist keine leichte Aufgabe.« Kannstatt schaute ratlos zu dem Mann am Empfang.

»Sorry«, hörte er sich sagen. »Wie spät?«

»Du hast zwanzig Stunden in deinem Zimmer verbracht und wahrscheinlich ebenso lange geschlafen, vermute ich jedenfalls.« Kannstatt goss sich einen Kaffee ein, nachdem ihm die Kanne wortlos entgegengehalten wurde. »Nimm zwei Plastikbecher, sonst verbrennst du dir die Pfoten.«

Kannstatt nippte an dem heißen, aber faden Getränk.

»In drei Stunden hast du ein Problem.«

Kannstatt schaute fragend über den Becherrand.

»Keine Kohle, kein Zimmer.« Pause. Kannstatt nippte, der Mann hinter dem Tresen zupfte an seinen hochtoupierten Haarsträhnen. »Okay, 'ne Idee. Schaust aus wie ein Controller, der an sich selbst gescheitert ist. Andererseits, Arschlöscher wie dich braucht man, sonst hat man dauernd Ärger mit der Steuer. Bring mir meine Läden wirtschaftlich in Ordnung, dann kannst du hier umsonst wohnen.«

»Läden?«

»Ja, die Pension hier und den Plattenladen um die Ecke.«

»Ich weiß nicht, ob ich das kann.«

»Im Moment kannst du gar nichts. Du liegst auf dem Heldenfriedhof des Kapitalismus, Computer!«

»Computer?«

»Ja, ich nenn dich so. Simon klingt nach intellektuellem Sonnenuntergang.«

»Und Computer, wonach klingt das?«

»Auch nicht besser«, korrigierte sich der Mann. »Ich will dich ja immerhin wieder zum Leben erwecken, sonst taugst du ja nichts. Ach ja, ich halte dauernd Vorträge, gewissermaßen Vorlesungen, geradezu Seminare übers Leben.«

»Aha.«

»Ja, ich verwalte das Erbe des Rock'n'Roll, absolut radikal! Hier wohnen die One-Hit-Wonder, und drüben im Gasoline Alley verkaufe ich nur, was den Rock'n'Roll weitergebracht hat. Fast alle daran zerbrochen. Aber ehrenvoller Tod.«

Kannstatt hörte interessiert zu. Das leere Gefäß begann sich wieder etwas zu füllen. »Wie heißen Sie denn?«

»Python.«

»Python?«

»Ja, Künstlername. Im Gedenken an Python Lee Jackson, die letzten Musiker, die versucht haben, Rod Stewart vor dem Niedergang zu bewahren. Anfang der siebziger Jahre. *In a Broken Dream*.«

»*In a Broken Dream*? Kann ich das mal hören?«

»Geh hoch in dein Zimmer, mach den Bajazzo an und hör zu! Auf dem Tape ist nur der eine Song. Dann kommst du wieder runter, nimmst den Controllerjob an und sagst mir, wie du genannt werden willst. Such dir ’nen Künstlernamen; besser ’ne andere Identität als gar keine.«

Python schaute Kannstatt hinterher, wie er zielstrebig die Treppe hochging. Kaum war oben die Tür ins Schloss gefallen, konnte man auch schon die ersten Takte hören. Kannstatt spielte den Song dreimal ab. Jedes Mal ein wenig lauter. Dann kam er wieder runter, lächelte und stellte fest: »Okay, nicht mein Song. Aber vielleicht lerne ich was bei dir und du was von mir. *Done Deal.*«

»Und, Name?«

»Greenbaum.«

»Und wieso Greenbaum?«

»Norman Greenbaum, *Spirit in the Sky*, meine erste Single.«

»Weißt du den Text noch?«

»Nein, aber den Preis der Single.«

»Du bist eingestellt, Greenbaum.«

»Okay, Python, *Let's Work Together.* Canned Heat.«

»Was?«

»Egal.«

»Bist du mal beschissen worden?« Greenbaum tastete sich vorsichtig vor beim Ergründen seines neuen beruflichen Terrains. Statt beschissen wollte er eigentlich betrogen sagen, aber das schien ihm zu spießig für das Rock-Business.

»Niemand wird dich je so bescheißen, wie du selbst imstande bist, dich zu bescheißen«, konterte Python. »Greenbaum, prüfe meine Bücher dahingehend, ob ich mich selbst betrüge. Das ist zielführender.«

Das Gasoline Alley war ein Plattengeschäft, das aussah, als hätte die chemische Reinigung erst gestern geschlossen und den Laden noch am selben Tag an Python übergeben. Weiße Kacheln, penible Sauberkeit, trotz Tausender Platten, Musikbücher, vereinzelter T-Shirts. Greenbaum nickte anerkennend. Während er seine Finger über die LP-Hüllen gleiten ließ, schwoll plötzlich ein Motorengeräusch an, das sich zum Lärm steigerte. Schier unerträglich.

»Einflugschneise, Hackensack Airport. Alle meine Läden sind in Airport-Nähe. So kriege ich *vibrations from all over the world*.«

»Nicht zu laut?«

»Wenn du für einen Bausparer arbeiten willst, bist du hier falsch. Haus in der Stille, allein der Gedanke.« Python schüttelte es bei der Vorstellung. »Zur Sache, Greenbaum. Die Wareneinstandsquote hier ist hoch, die außerordentlichen Abschreibungen auch. Ich investiere ins Leben, das Leben investiert leider nicht mit gleicher Intensität in mich. Hab mich aber dran gewöhnt. Ich investiere also in große künstlerische Karrieren, die schnell verglühen.«

»Weißt du vorher, wer verglüht?«

»Natürlich nicht, dann hätte ich ja keine Abschreibungen und würde nicht überzahlen!« Ungeduldig schüttelte er den Kopf. »Solltest du wissen, Greenbaum!«

Die Glocke über der Eingangstür schlug an. Ein dünnes Mädchen, etwa zwanzig Jahre alt, betrat das Geschäft.

»Patti Smith, die Jüngere. Arbeitet hier. Spricht wenig, schlechte Zähne. Du siehst, die Menschen reden aus unterschiedlichen Gründen nicht.«

Greenbaum betrachtete sie wohl etwas zu selbstvergessen.

»Lass bitte die Pfoten von ihr. Willst du zurück ins Leben, kannst du Frauen nicht mitnehmen. Sie klauen zu viel Energie, suchen sich meistens selbst, wobei vielen nichts Schlimmeres zu wünschen ist, als dass sie sich auch finden.«

Greenbaum hakte nach: »Warum drehen sich dann die meisten Songs um Girls?«

Python wiegte bedächtig den Kopf. »Schau, das ist wie bei einer Schlangenbeschwörung. Durch die Musik, durch die Anmut der Bewegung vergisst du die Gefahr, aber verlierst auch den Respekt durch zu große Nähe. Die fegen dich weg als Mann. Von dir bleibt nichts übrig. Country habe ich immer gehasst. Wenn diese Muttersöhnchen den Moment maximaler Verletzung auch noch in die Welt hinausmusizieren. *You left me, just when I needed you most,* Randy VanWarmers großes Verbrechen an den Männern. Bekäme bei mir im Hotel kein Zimmer. Für kein Geld der Welt.«

»Warum habe ich eins bekommen?«

»Weil du aussiehst wie Elvis Costello, die Bonsai-Variante zwar, aber immerhin.«

Greenbaum lag auf seinem Bett. Der Lärm der Straße drang an sein Ohr. Er ließ den Tag noch einmal an sich vorüberziehen. Ein Bewährungshelfer namens Python, wunderbar. Die Niederlage, gefürchtet wie der Tod, und nun laufen lernen. Muskeln, die man nie beansprucht hat.

»Du holst dir ja auch keine zwölfsaitige Konzertgitarre, um dann auf zehn Saiten nicht zu spielen.« Psychiatergewäsch, dachte Greenbaum noch, als ihm Roger das zuraunte.

»Klar«, gab der zu, »viel schlimmer. Illustrierten-Psychiatergewäsch à la Wilhelm Reich, dem Stalin der Analytiker. Echt *hardcore,* dagegen ist Schönberg *easy listening.*«

Greenbaum schlief ein.

»Säufst du?« Python schaute seiner Frage interessiert hinterher, während er zwei Plastikbecher ineinanderschob und Greenbaum einen Kaffee einschenkte. »Solltest du lassen, oder bist du Sinatra-Fan?«

»Nein.«

»Ich frage besser nicht, welche Musik du hörst. Die Antwort würde mich enttäuschen. Vielleicht müsste ich unser Arbeitsverhältnis überdenken.«

»Wie heißt Patti Smith eigentlich wirklich?«

»Bevor die mit dir ins Bett geht …«

»Ist nicht der Grund meiner Frage. Ich will den Laden wirtschaftlich durchleuchten, und man fängt am besten da an, wo der Kundenkontakt ist, also beim Verkauf.«

»Nenn' sie Patti, sie weiß sowieso nicht, dass das ein Kompliment ist. Zu jung im Kopf.«

Am Nachmittag saß Patti hinter der Kasse und lackierte sich die Zehennägel schwarz. »Python hat mir gesagt, du säufst.«

Greenbaum blickte sie fragend an.

»Dann verstehst du was von französischer Literatur.«

»Ich kann deine Schlussfolgerung nur mit Mühe nachvollziehen.«

»Ja, entweder die Schriftsteller haben gesoffen oder geraucht, meistens beides. Jean Genet«, Patti zeigte auf ein abgegriffenes Taschenbuch, *Der Balkon*. »Ganz guter Text«, befand sie gnädig. »Ins Bett gehen können wir übrigens auch nicht, stehe nicht auf Männer.«

Greenbaum nahm das eher mit Erleichterung zur Kenntnis. Dem Leistungsdruck, dem ein Don Juan spielend standhielt, war er nicht gewachsen. Die Welt, aus der er kam, war männlich, die Frauen glichen implodierten Vulkanen, bestenfalls. Wie sollte er das Patti, der Partisanin, erklären? Dass er überhaupt etwas erklären wollte, empfand er schon als Fortschritt. »Was verkaufst du denn so? Was geht, was geht nicht? Wie viele kommen rein und gehen wieder, ohne was gekauft zu haben? Was tust du, um die Verweildauer im Laden zu erhöhen?«

»Ich mach die Bluse auf und lese Kafka vor.«

»Aha.«

»1,2 Prozent würden gern die *Satisfaction*-Version von Common Market hören. Aber die Typen der Plattenfirma haben das Masterband vernichtet. Alles Faschisten. Buffalo Springfield könnte ich besser verkaufen, wenn wir was dahätten. Das gilt auch für Country Joe and the Fish. Die neuen Rod-Stewart-Sachen darf ich nicht verkaufen, fragt hier auch keiner danach. Im Grunde verbietet Python alle Künstler, die an die Westküste gezogen sind. ›Alles Friseure‹, sagt der Chef. Für jede verkaufte Platte von Ten Years After bekomme ich fünf Dollar pro Tag mehr auf die Kralle. Heimlich, unterm Ladentisch, gibt's k. d. lang. Ist Country, aber lesbisch, also politisch wichtig.«

»*Girl with a mission?*«

»*Girl with a mission*«, bekräftigte sie. »Wenn Nik-

Cohn-Bücher über die Theke gehen, freut Python sich auch. Als der *Die Mitte der Welt* geschrieben hat, wohnte er zwei Nächte im Atlantic Crossing. Umsonst.«

»Wer ist denn das?«

»Chronist des Rock. Letztes Buch war ein Reisebericht. Das Land, das er bereiste, war der Broadway. Fünfundzwanzig Kilometer lang, drei Monate unterwegs! Von Bowling Green Richtung Norden. Das Buch sollte ursprünglich mal *Gourmet Dining* heißen. Chef hat das Buch auswendig gelernt.«

»Gibt's hier auch die Rolling Stones?« Greenbaum machte einen neuen Anlauf.

»Die Stones? Nein. Mick ist kein Musiker, der was vom Geschäft versteht, sondern ein Investment-Banker, der singen kann. O-Ton: *Guess who?*«

»Ich rede«, stellte Greenbaum ein wenig erstaunt fest.

»Wie?«

»Ich rede. Ich habe jahrelang nur geschwiegen.«

»Warum? Was hast du denn gedacht, wenn du nichts gesagt hast?«

»Wie soll ich denn wissen, was ich denke, bevor ich höre, was ich sage.«

»Hey, du hast ja Humor.« Patti zeigte die ganze Pracht ihrer ungepflegten Zähne.

Greenbaum schaute nachdenklich zum Fenster hinaus. Eine American Eagle schnurrte verhältnismäßig leise über ihre Köpfe Richtung Hackensack Airport.

»Wo die wohl herkommt?«

»Albany. Vom Ende des Broadway.«

»Mag sein.«

»Nee, is' so. Ich hab den Flugplan im Kopf. Albany ist ein Scheißkaff. Grölende Männer in Kneipen. Wenn ich nur daran denke, wundere ich mich, dass nicht mehr Girls lesbisch sind.«

»Vielleicht sind sie es ja.«

»Hey, Greenbaum, unterm Asphalt blüht eine Blume.« Greenbaum wurde an diesem Morgen verdammt viel Anerkennung zuteil.

Am Abend aßen Python und Greenbaum bei Sandy. Sandy's Place war ein Diner, der, abgesehen von einem Bahlsen-Werbeplakat aus Blech, genauso aussah wie alle Diner.

»Und wie kommst du voran?«, fragte Python.

»Mit dem Laden oder mit mir?«

»Beides.«

»Mit dem Laden ja, mit mir nein.«

»Ich behaupte, es ist umgekehrt.«

»Wieso?«

»Den Laden kannst du gar nicht umkrempeln, der Laden krempelt dich um. Andere Psychos töpfern sinnlos und gewaltfrei Teekannen. Du bist im Auftrag von Rockveteranen unterwegs. Kein schlechtes Schicksal. Hätten wir uns erst in fünfzehn Jahren getroffen, wärst du im Auftrag der Kriegsgräberfürsorge unterwegs. Rock'n'Roll-Soldier, gefallen für die Musik.«

»Wer waren die Gegner?«

»Die Marketing-Abteilungen der Plattenkonzerne.«

»Ich war auch lange im Krieg.«

»Ja, aber auf der falschen Seite. Überall einsetzbar, das sind die Schlimmsten. Legionäre der Kohle. Marionetten. Nie was riskiert, nie eigenes Geld in die Hand genommen. Widerlich.«

»Wie soll ich allein laufen lernen, wenn ich weder die Richtung noch das Ziel meines Weges kenne?«

»Ich werf' dir gern das Stöckchen. Lieber wäre mir aber, du kämst selbst drauf.«

Greenbaum wirkte mutlos.

»Im Bajazzo ist ein neues Tape. *That's All You Need* von den Faces, siebziger Jahre. Geht ab wie Schmidts Katze.«

»Wer bist du, Python?« Greenbaum nutzte die Gunst der Stunde. Er bestellte zwei Bier in dem Versuch, den Abend mit Python zu verlängern. Python machte keine Anstalten zu antworten. Er starrte auf das Bierglas, schob es ein wenig auf der Tischplatte hin und her, so dass sich der Wasserstand der kleinen Pfütze gleichmäßig auf eine größere Fläche verteilte.

»Wo kommst du her, wer hat dich zu dem gemacht, der du bist?«

»Du musst mich schon noch 'ne Weile bitten.«

»Warum?«

»Weil ich nicht weiß, ob du interessiert an der Geschichte bist oder einfach nur neugierig.«

»Ich bin interessiert an dir. Ich war immer an Biographien interessiert.«

»Rothwesten, ein Kaff südlich von Kassel, US-Stützpunkt. ›Rot‹, aber ›Westen‹ – einen besseren Geburtsort hätte ich mir nicht aussuchen können. Vater war GI. Im Nachbarhaus lebte ein Junge, der heute Weltstar ist: Kevin Costner. Sein Vater war auch GI. Meine Eltern waren Vollblutamerikaner. Sie hatten eine Mission, und die hieß: Wo Luckies geraucht, Coke gesoffen und Burger gefressen werden, hat der Kommunismus keine Chance. Ich habe als kleiner Junge die US-Labels gemalt. Nicht Rotkäppchen oder Robin Hood, sondern die Embleme von Pepsi und Pepsodent. Das war meine Kultur. Mein Dad hat *Tod eines Handlungsreisenden* wohl dreißig Mal gelesen. Er liebte das Buch, hat aber die Ironie, den Sarkasmus des Stücks nicht verstanden. Er liebte Perry Como, meine Mutter stand auf Al Martino. Die Ehe hielt bis zu ihrem Tod, weil sie einen gemeinsamen Feind hatten: den Kommunismus. Rothwesten war ihr Fort im Niemandsland. Jeder Biss in einen Hamburger war eine politische Demonstration für Amerika. Jeder Schluck Cola motivierte sie wie ein Tropfen vom Blut des heiligen Sohnes. Das waren meines Vaters Worte: ›Coke is made out of Jesus' blood and Elvis' tears.‹ Ich bin dann mit sechzehn weg. Bis dahin habe ich gelebt wie im Big-Brother-Kombinat. Abgeschlossen, ständig observiert. Ich habe, glaube ich, jahrelang auf meinem Bett gelegen. Auf meinem Plattenspieler drehten sich immer dieselben LPs. *Gasoline Alley*, *Beatles Greatest* und *In a Broken Dream*. Python Lee Jackson, als Gast Rod Stewart. *Cloud Nine*, das war der Song, der meine Batterien immer wieder füllte. Ich habe ihn Tausende Male gehört und jedes Mal wusste ich, dass ich mehr Kraft auftankte, um mich vom Beckenrand abstoßen zu können. Ich wollte rausschwimmen auf den Ozean. Raus, raus. An der Wand hing ein Poster aus der *Bravo*. Helen Shapiro, Scheißmusik, aber Augen! Augen! Schöne Frauen können nicht viel. Sie auch nicht. Na ja, es ging.«

»Schöne Frauen können nicht viel?« Greenbaum meldete sich zurück. »Quatsch.«

»Kein Quatsch. Wenn du zuerst vom Vater vergöttert wirst und dann von allen Männern, die danach kommen, und das nur, weil du vom lieben Gott hübsch zusammenmontiert worden bist, dann bist du verwöhnt. Du musstest dir nichts erkämpfen. Du verlässt dich auf deinen Hintern. Menschlich verständlich, strategisch kurzsichtig.«

Die Bedienung stellte unaufgefordert zwei weitere Biere auf den Tisch.

»Na ja, ich bin dann nach Frankfurt zu Ted Bates, Werbeagentur. Als Mädchen für alles. Hab's nicht lang ausgehalten. Alle schwarz gekleidet, wichtig, wichtig. Ich nenn' die Typen gern ›Requisitenleute‹. Die haben sich aus ihrem Konsumverhalten eine Persönlichkeit gezimmert, je nach Geldbörse. Nach der Devise: Es war schon immer etwas teurer, eine Persönlichkeit zu haben. Greenbaum, den Fehler hast du wenigstens nicht gemacht.«

»Erzähl weiter.«

»Wollte nicht in Hierarchien, musste aber in Hierarchien.«

»Warum?«

»Weil ich das Selbstvertrauen nicht hatte, nein zu sagen.«

»Was wolltest du denn?«

»Schreiben können wie Allen Ginsberg oder Jean Genet. Dann habe ich gemerkt, dass die schwul waren. Schwul sein wollte ich nicht. Deshalb habe ich auf Rod Stewart gesetzt. Der sah nicht schwul aus.«

»Ich wollte meinen Chef umbringen, weil er nicht gut war.« Greenbaum stierte auf die Tischplatte.

»Chef, Chef«, wiederholte Python und schmeckte das Wort ab. »Das war der Grund, warum ich mich mit dem Gasoline Alley selbständig gemacht habe, um meinen Chef loszuwerden.«

»Gibt auch gute Chefs.«

»Nik Cohn pflegte zu sagen: Schauspieler sind eigentlich angenehme Leute, wenn man mal von den erfolglosen und den erfolgreichen absieht. Gilt auch für Chefs, der Satz.« Python starrte in sein Glas. »Supergruppen funktionieren nicht. Blind Faith nicht, Emerson, Lake & Palmer nicht, es funktionieren nur Arbeitsgemeinschaften. Vor allem, wenn sie aus protestantischen Bausparern bestehen. An der Spitze braucht man einen Chef! So gesehen werden am Ende die Stuttgarter Kickers die brasilianische Nationalmannschaft schlagen. Dann bringe ich mich um.«

»Du schaust hier Fußball?«

»Internet: www.wdr.de.«

»Hast du dich schon immer so oft beklagt?«

»Immer! Habe mich dann in die Situation von Doug Sham versetzt. Sir Douglas Quintet. Da hat der Sänger immer irgendeiner Schlampe nachgeheult, die er flüchtig in einem US-Mex-Grenzort gesehen hat.« Python summte *Mendocino* vor sich hin. Greenbaum fiel mit ein und sang den Text auf Deutsch.

»Michael Holm, ich wusste es. Du stehst auf Holm. Bernd Apitz und Les Humphries. Furchtbar. Kennst du *Nuevo Laredo*? Nein?«. Python klang spöttisch. »War der zweite Hit von den Jungs und ist weder von Holm noch von Roland Kaiser gecovert worden, also folglich nicht zu dir durchgedrungen.«

»Ich geh zurück ins Atlantic Crossing. Hätte nicht gedacht, dass es so einfach ist, sich eine Persönlichkeit zuzulegen.« Für seine Verhältnisse war das frech. Greenbaum tastete sich zur Tür, vorsichtig, als ob Schnee auf dem Holzfußboden der Kneipe läge.

Patti Smith war abgehauen. Vordergründig mochte es daran gelegen haben, dass Greenbaum ihr Grundgehalt reduzieren wollte: nur noch leistungsabhängige Bezüge. Das war für Patti keine Geschäftsgrundlage. »Wenn Hitler und Marx zusammen einen Laden schmeißen, bin ich nicht mehr mit von der Partie«, hatte sie erklärt und war verschwunden.

Tapfer versuchte Greenbaum weiter, den Wareneinstandswert zu ermitteln. Das war nicht einfach, denn Pythons Warenbestand war nur unvollständig auf Karteikarten dokumentiert. Python beobachtete ihn aus der Distanz wie ein Forscher, der ein Experiment überwacht. »Findest du Hendrix?«

»Bisher nicht.«

»Wirst du auch nicht. Der Mann war schüchtern. Merkwürdig formell. Gered Mankowitz hat ihn fotografiert. Buch steht hier irgendwo. Egal. Hendrix war höflich. Frauen redete er mit ›Madam‹ an. Männer mit ›Sir‹. So einem darf man nicht mit einer Karteikarte kommen.«

Greenbaum schlug den Karteikasten verärgert zu. »So arbeite ich nicht.«

»Mach mit Cliff Richard 'ne Popband auf. Du begreifst nichts. Ich kaufe jetzt Pizza, Coke und Popcorn, und dann puste ich dir deine Sekundärtugenden aus der Birne. Mangelnde Therapietreue nenne ich das sonst.« Python schien zu allem entschlossen.

Die Kerze in Greenbaums Zimmer war runtergebrannt. Er las ein Taschenbuch, das er gefunden hatte, irgendwo in den Ritzen dieses kranken Universums. Das Buch war für ihn eine sehr persönliche Wiederbegegnung. DDR-Literatur: *Alte Filme* hieß das Ding, von Klaus Schlesinger. Der Protagonist hieß Kotte, und jemand hatte an den Rand geschrieben: Held ist im Kommunismus: Cowboy sein. Er legte sich auf sein Bett, die Schuhe an den Füßen. Es war kühl. Er dachte an seine Frau, an eine Existenz, die er früher vorgegeben hatte, *gern* zu führen.

Aber jetzt ging es ihm wie Kotte, dem Helden im Buch. Was ist freiwillig, was gewollt? Die Pflicht blieb der Rahmen des Bildes mit dem Titel Leben, in den die Erlebnisse hineingepinselt wurden.

»Hattest du 'nen Vater, Greenbaum?« Python blieb obsessiv. Die Tür des Zimmers war angelehnt, er stand im Türspalt.

»Ja. Wie lange stehst du schon da?«

»Lange genug, um etwas über dich zu begreifen.«

»Was?« Greenbaum erhob sich schwerfällig. Er wollte nicht liegen während des Verhörs.

»Du bist ein Winterflieger gewesen, Greenbaum. Dich hätte man vor jedem Start enteisen müssen wie die Tragflächen der Flugzeuge, in die du eingepfercht wurdest. Bedank dich bei deinen Alten.«

Greenbaum saß müde auf dem Bettrand.

»Winterflieger haben Väter. Ich bin ein Sommerflieger, ich hatte keinen. Er hat sich rechtzeitig aus dem Staub gemacht, bevor es zu größeren Schäden kommen konnte.«

Greenbaum fühlte sich gestellt, entwaffnet und schutzlos. »Wenn du mir alles weghaust, was mich zusammengehalten hat, dann musst du mir ein neues Geländer geben.«

»So weit sind wir noch nicht. Du bist wie ein Alki. Du musst unten sein, in deinem Erbrochenen liegen. Dein Alk ist die Leistungswelt. Du hast *funktioniert.*«

»Ich habe gespurt. Gespurt – das war das Lieblingswort meines Vaters.«

»Scheint ein Arschloch gewesen zu sein. Welche Musik hat er gehört?«

»Willy Schneider.«

»Willy wer?«

»*Vor meinem Vaterhaus steht eine Linde* ... Solche Sachen.«

»Komm, wir machen einen Spaziergang.«

Am Morgen liefen die beiden Männer ziellos durch die Straßen. Im Hintergrund der Airport von Newark, der startende Maschinen ausspie und landende unter sein Gefieder nahm. Python griff das Gespräch wieder auf.

»Als junger Bursche hast du drei Möglichkeiten durchzukommen. Entweder du hast einen Vater, der dein Freund ist, das ist der Sechser im Lotto und passiert fast nie. Lassen wir das also mal außen vor. Oder zweitens, du hast einen erfolgreichen Vater oder einen, der erfolgreich sein will. Das ist schlimmer als ein Trostpreis. Schau dir Hollywood an, schau dir die Wall Street an, die Söhne der Tycoons sind Würstchen. Es sei denn, sie begreifen früh und machen mit sechzehn die Biege. Wie ich. Habe *That's All You Need* von den Faces aufgelegt, und ab. Wie auch immer. Die dritte Möglichkeit: Du hast gar keinen Vater. Im Grunde nicht schlecht. Musst nur aufpassen, dass du nicht schwul wirst.«

»Weil?«

»Weil die Mutter zu stark wird. Nicht, dass ich was gegen Schwule habe. Aber nicht jeder hat das Zeug zu einem Michael Stipe. Die meisten aus dem Lager werden wie Barry Manilow und sammeln *paper weights* und so was. Grauenhaft. Nichts bewegt dieser Manilow, gar nichts. Nur Liberace ist noch schlimmer.«

»Weißt du, was Patti sagte, als sie gestern die Brocken hingeschmissen hat?«

Python zuckte gleichgültig die Schultern.

»›Wenn Marx und Hitler zusammen einen Laden

schmeißen, will ich nicht dabei sein.‹ Hat sie gesagt! ›Der Faschismus ist eine bestialische Idee, die ihr sauber gemanagt habt; und der Kommunismus ist eine wunderbare Idee, die ihr an die Wand gefahren habt. Ihr macht aus Scheiße Gold und aus Gold Scheiße.‹«

Python mit betroffener Miene: »Glaubt sie etwa, ich bin Hitler in dem Spiel? Na, ich bin hier auf jeden Fall der Marx. Lege ich größten Wert drauf.«

Python war irritiert. »Du stehst gewaltig unter Druck, Mann«, fuhr er schließlich fort.

»Ja, und zwar weil ich Angst habe, weil mein ganzes Leben angstbestimmt war. Angst, das bisschen Karriere zu verlieren, das ich imstande war zu machen. Angst, so reduziert zu bleiben, wie es selbst für eine mickrige Karriere nötig war«, brach es aus Greenbaum heraus.

»Ich hatte dich nach nichts gefragt«, wandte Python vorsichtig ein.

Greenbaum hörte den Einwand nicht. »Reduziert sind nicht die ganz unten und die ganz oben. Reduziert sind die, die sich auf dem Weg befinden und nicht ankommen. Ich war immer ein Abziehbild der Erfolgreicheren. Ich habe zu spät begriffen. Ich war nicht wie du, Python. Ich habe nicht früh genug verstanden, wer ich bin und dass ich für mich selbst verantwortlich bin, sogar dann, wenn ich den Notausgang wähle. Ich war einer von denen, die jede Entscheidung aufschieben. In der Hoffnung, es entscheidet sich von selbst.«

Greenbaums Dämme brachen.

»Ich habe mich, dank meines Großvaters, mit Königsberg beschäftigt. Ich wusste immer, dass Königsberg das intellektuelle Zentrum Deutschlands gewesen war. Ich wusste, dass man nicht weit reisen muss, um die Welt zu begreifen. Kant hat die Stadt kein einziges

Mal verlassen und hat die Welt gedanklich verändert. Ich wusste das alles.«

»Wusste ich nicht. Erzähl weiter, man lernt so selten im Gespräch«, ermutigte Python ihn.

»Patti hat recht. Du bist Marx. Marx heißt Freiheit. Endlich Freiheit in einem Land wie Deutschland, in dem so wenig passiert, in dem so viel Energie in die Beurteilung investiert wird und so wenig in das Handeln. Wir sind einzigartig im Analysieren. Wir ›Dichter und Denker‹ sind verdammte Dilettanten im Handeln. Und jetzt bin ich in den Armen eines Rock'n'Roll-Ajatollahs gelandet, der versucht, mich zum Sprechen zu bringen, und es absurderweise auch schafft. Und weißt du, warum? Weil du in deiner Welt wohnst. Du hast eine Mission und lebst dafür. Du willst Träumer am Leben erhalten. Träumer, die nicht instrumentalisiert wurden, weil sie sich nicht haben instrumentalisieren lassen. Diese Träumer sind in Deutschland mit der Romantik ausgestorben. Deutschland ist eine Arbeitswelt geworden. Eine Landschaft der Vernunft. Und schon Handke wusste früh, dass die Unvernünftigen aussterben. Das ist verdammte dreißig Jahre her. Weißt du, Python, warum ihr immer noch Helden im Kino habt? Weil Helden bei euch nie missbraucht wurden! Der Faschismus hat mehr zerstört als nur unsere Städte.«

Die beiden Männer liefen die Sullivan Street hinab. Eine Straße, in der merkwürdigerweise drei Bowlingbahnen nebeneinanderlagen. Alle drei schienen in gleicher Weise aus einer längst vergangenen Zeit zu stammen. Die Fassaden versuchten, den Geschmack der vierziger Jahre nachzuempfinden. Der Aufwand an Pappmaché,

Chrom und greller Farbe bröckelte ohne entsprechende Pflege vor sich hin. Wie eine alte Frau, die sich in besseren Tagen hat liften lassen und nun das Geld für die Nachreparatur nicht mehr berappen kann. Python meldete sich wieder zu Wort. »Wenn du Filme gesehen hast, welche waren das dann?«

»Es gibt nur zwei Filmrichtungen. In der einen wird am Anfang jemand umgebracht, und man fragt sich neunzig Minuten lang, wer es war, und in dem anderen dramaturgischen Raster trifft *boy* auf *girl*, ein paar sind dagegen, ein paar sind dafür, und am Ende siegt die Liebe oder auch nicht. Nenn' mir doch mal eine dritte Dramaturgie.« Greenbaum sammelte seine Kräfte.

»Na, Kotte zum Beispiel, der Held aus dieser DDR-Erzählung. Ich weiß noch, wie das Buch anfängt:

Kottes Tage sind ausgefüllt. Fünf Mal in der Woche fährt er jeden Morgen um sechs Uhr sechzehn mit der S-Bahn vom Alexanderplatz nach Schöneweide ins Transformatorenwerk und verschwindet hinter einer Tür mit der Aufschrift Technische Konstruktion, setzt sich vor sein Reißbrett, das er erst, von den Pausen abgesehen, gegen drei Viertel vier wieder verlässt, steigt sechzehn Uhr zwölf am Bahnhof Schöneweide in den Zug und ist dreiundvierzig Minuten später am Kindergarten, Alte Schönhauser, wiederum zehn Minuten später im Konsum an der Ecke und gegen halb sechs vor seiner Wohnungstür, in der rechten Hand ein volles Einkaufsnetz, an der linken seine Tochter.

Kottes Tage sind ausgefüllt; seine Abende ebenfalls. Wenn Karla das Kind ins Bett bringt, steht Kotte in der Werkstatt im Keller und hobelt Bretter glatt, die er für eine Sitzbank in der Küche braucht. Die Schrankwand im Wohnzimmer hat Kotte auch gebaut und für die Kleine das Laufgitter; alles wie vom Schreiner. Nicht, dass Kotte sich neue Möbel nicht leisten könnte, Kotte verdient sechs vierzig netto und Karla vierhundert, bewahre – es macht ihm einfach Spaß, und es ist, sagt er, auch persönlicher, du weißt einfach, was du hast, sagt er, und nicht so 'n Schund aus dem Laden.

Keine Stunde, die er im Keller verbringen kann, ist Kotte zuviel – nur wenn es im Fernsehen einen alten Film gibt, lässt Kotte alles stehen und liegen.

Greenbaum blieb wie angewurzelt stehen. »Du kennst das Buch?«

»Ja, ich kenne das Buch. Ich habe es dir dort hingelegt. Der Mann guckt ausschließlich alte Filme. Es ist ihm egal ob *boy meets girl* oder *whodunnit*. Er guckt nicht das Was, er guckt das Wie.

Du musst aufhören, deine Effizienzgedanken zur Grundlage deines Handelns zu machen. Es geht nicht darum, was passiert im Film und im Leben. Es geht darum, *wie* es passiert. Weißt du, warum ich der Gralshüter des Rock'n'Roll bin? Weißt du, weshalb mich alte Musiker mehr interessieren als junge? Ich bin eigentlich ein Archäologe. Mich interessieren die Hinterlassenschaften der Toten mehr als die Lebenden. Dass Menschen gehen, dass ich gehe, daran kann ich mich gewöhnen. Dass auch ihr Werk geht, ist mir ein schier unerträglicher Gedanke. Das Werk muss bleiben. Wir können daraus lernen. Wir können etwas verstehen. Es ist eine Botschaft längst vergangener Tage.«

Sie waren mittlerweile im Borough of Roselle angekommen, einem Stadtteil von Newark, nicht weit vom Lindon Airport entfernt.

»Hier in der Nähe habe ich vor dreißig Jahren ein Konzert von Stevie Ray Vaughan gesehen«, erzählte Python weiter. »Er hatte nie Erfolg. Aber er hat sich die Seele aus dem Leib gespielt. Er war so ein passionierter Musiker, er hatte sich den Respekt der Erfolgreichen erarbeitet. Eric Clapton war und ist ein Fan von ihm.«

»Spielt er noch?«

»Ja, im Himmel. Er ist tot. Das, Greenbaum, muss deine Mission sein. Die Mission ist nicht, erfolgreich zu werden. Die Mission ist, so gut zu werden, dass du den Respekt der Erfolgreichen erwirbst. Die Erfolgreichen sind arme Luder. Sie haben auf dem Weg nach oben so viele Kompromisse gemacht, dass sie nicht mehr wissen, wer sie sind.«

Greenbaum blieb abrupt stehen. Er atmete schwer. »Python«, zischte er, »dein verdammter Weg nach oben, dein verdammtes Gehadere mit Erfolg oder nicht Erfolg, das war alles überhaupt nicht mein Thema. Weißt du, was mich wirklich fertiggemacht hat? Mich hat es fertiggemacht, Meetings zu überleben. Diese stundenlangen Veranstaltungen mit Menschen, die so tun, als wären sie souverän. Ich gehörte immer zu den anderen. Diese Hackordnung habe ich gehasst. Ich habe es gehasst zuzuschauen, wie souveräne Menschen plötzlich zu Schakalen werden, wer wen unterbrechen darf, wer es mit sich machen lässt und wer in Gedanken an sein Girokonto in die innere Emigration geht. Das habe ich gehasst, mein Freund, das hat mir den Respekt vor den Menschen ausgetrieben. Konzerne, Python, Konzerne sind nichts anderes als eine Stunden, Tage, Wochen, Monate währende Aneinanderreihung von Meetings.

Ich habe Leute getroffen, die in Meetings ihr Paradies gefunden haben. Ihre Lebensbestätigung! Ihre Daseinsberechtigung! Meetings!«, er schrie das Wort verzweifelt hinaus.

»Und Charts«, wieder leiser. Zugleich klang er nun etwas bedrohlich. »Charts. Gib mir Charts! Konzerne sind Wesen, die Charts tonnenweise in sich aufsaugen können. Und wenn *private equity* ins Unternehmen investiert ist, macht es erst richtig Spaß. Dann kannst du Lastwagen voll Charts mit ins Meeting nehmen, du wirst trotzdem noch mit irgendeiner Frage konfrontiert werden, die du nicht beantworten kannst, und dann kommt es wieder, das überlegene Lächeln, wenn sie dich dabei erwischen, dass du etwas nicht beantworten kannst. Wunderbar.

Charts werden, das habe ich beobachtet, mit Vorliebe von denen verwendet, deren sehnige Körper in leicht abgetragene Boss-Anzüge gehüllt sind. Meistens Gel in den Haaren, nicht zu viel, aber darauf verzichten möchte von denen auch keiner. Diese Typen, deren Freundinnen alle gleich aussehen, alle im *Gym* gestählte Körper. Im Regelfall wenig Busen. Eher knabenhafter Typ, fahren den kleinen BMW oder, wenn es dazu nicht reicht, Golf GTI. Entsetzlich, Python. Ich habe sie gehasst, diese Typen, die in der Kantine mittags Salat essen und selbst dann nur *ein* verschissenes Thema kennen – den Netprofit der Firma. Und wenn sie ganz abenteuerlich drauf sind, dann gucken sie einer neuen Sekretärin hinterher, die gerade die Kantine verlässt. Wahrscheinlich, um dann stimuliert irgendeinen ›Kumpel‹ anzurufen, bevor der ›nächste Case‹ losgeht, und um sich dann mit diesem Freund zum Skifahren oder zum Joggen zu verabreden, aber nur auf Hängen oder an Seen, wo der Black Berry noch Empfang hat, damit man bei Schussfahrt oder im Stemmbogen seinem Chef noch eine Empfangsbestätigung schicken kann. Wow, wie habe ich das alles gehasst, Python. Ich habe es gehasst – und die größte Scheiße: Ich war genau wie die, die ich gehasst habe. Ich war der antisemitische Jude!«

»Gut, dass wir uns getroffen haben«, stellte Python fest. »Wärst du weiter in diesem System geblieben, hättest du jemanden umgebracht. Du bist der Typ, der Amok läuft. Du bist der Typ, der etwas aufschreibt und nicht vergisst, und wenn das Buch voll ist, dann holst du die Knarre aus dem Schrank und bringst deine halbe Firma um. Ich hätte nie gedacht, dass ich mal Menschenleben retten werde, und sei es nur dadurch, dass ich mit dir durch das Borough of Roselle laufe.« Nach einer kurzen Pause fügte er hinzu: »Du musst doch zugeben, allein der Name dieses Stadtteils ist schon einen Roman oder Song wert. Wir sollten einen Song schreiben, mein Lieber. Der Song heißt: *The Borough of Roselle,* und wir machen daraus einen Hit. Die Tantiemen teilen wir uns und kaufen davon ein kleines Haus in Montauk. Wir gründen eine Heimstatt für gescheiterte Vorstandsmitglieder, Geschäftsführer, Aufsichtsräte und Manager, die in ihrem Leben weder geheult noch geschluchzt noch geliebt oder gefressen haben. Wir holen sie zurück ins Leben. Wir werden ihnen zeigen, dass es neben Adam Smith, Peter Drucker und Keynes auch noch etwas anderes gibt.«

»Wird sehr schwierig«, stellte Greenbaum resigniert fest.

Python fuhr fort: »Kennst du diese Imbissbuden, die spanische, italienische und chinesische Küche anbieten? So sind auch diese Manager. Sie dienen jedem. *Uni-*

versal Soldiers, Universal-Imbissbuden-Pächter. Noch nicht mal Imbissbuden-Inhaber, Pächter, mehr ist da nicht drin. Darauf zu hoffen, in jemandem etwas zu finden, setzt das Gefühl voraus, dass in jemandem auch etwas ist.«

»Da habe ich meine Zweifel!«, warf Greenbaum ein. »Wir sollten das Leben ganz anders in die Hand nehmen.«

»Okay, wir sollten es ganz anders organisieren«, bekräftigte Python.

»Kennst du meine Geschichte mit den Frauen?«, fragte Greenbaum.

»Die wird so lang nicht sein. Die kannst du mir auf dem kurzen Rückweg ins Atlantic Crossing erzählen. Ich fürchte, du warst nie ein großer Kenner der Frauen.«

»Viel schlimmer, ich war ein Liebhaber der Frauen. Aber Liebhaberei setzt Distanz voraus. Das war mein ganzes Leben lang so. Ich habe die Frauen geliebt, weil ich Distanz zu ihnen hatte, aber ich kannte sie nicht. Ich habe immer gefürchtet, würde ich sie kennen, wäre die Liebe im Eimer. Na ja, vielleicht kann man aber auch beides miteinander verbinden. Ich habe seit vier Jahren mit keiner Frau mehr geschlafen.« Greenbaum stierte auf den Boden.

»Kreativpausen hat jeder.« Python legte den Arm um Greenbaum, gab ihm einen jovialen Klaps auf die Schulter und schubste ihn zurück ins Atlantic Crossing.

Es war Mittag geworden. Greenbaum saß auf dem Boden, umgeben von Karteikarten, die er selbst auf den neuesten Stand brachte. Er versuchte noch immer, den Wareneinstandswert der Tonträger im Gasoline Alley zu ermitteln. Patti Smith ging ihm zur Hand. Sie war in der Nacht wieder zurückgekommen. Er hatte sie in einem erbärmlichen Zustand vorgefunden und nicht danach gefragt, was sie erlebt hatte. Sie hätte es ihm auch nicht erzählt. Er machte ihr einen Tee. Wortlos nahm sie den Becher entgegen. Ein scheuer Blick streifte ihn. Er interpretierte ihn als eine Geste der Dankbarkeit. Greenbaum kämpfte sich durch Plattencover, CD-Hüllen, T-Shirts. Nachdem er bemerkt hatte, dass nicht jede CD im richtigen Cover lag, versuchte er Ordnung zu schaffen. Es gelang ihm nicht.

»Wir sollten diversifizieren.« Patti Smith war pragmatisch, nachdem sie das nutzlose Treiben Greenbaums eine Weile beobachtet hatte: »Wir sollten Antiquitäten aufnehmen in unser Repertoire. Wir sollten hübsche Dinge verkaufen, an denen die Menschen Freude haben.«

Greenbaum sah sie fassungslos an. »Ich hätte nicht gedacht, dass die Person, die die Zusammenarbeit mit Hitler und Marx aufkündigt, wieder zurückkehrt und Hitler – denn ich darf annehmen, dass ich in deinem Spiel Hitler war – eine Diversifikation vorschlägt.«

»Tut mir leid.«

»Wie hast du das eigentlich gemeint? Hitler, Marx?«

»Du warst ein Wrack des Kapitalismus, und der hat dasselbe Gesicht wie diese beschissene Männerwelt, die der Faschismus hervorgebracht hat.«

»Mein Gott, Patti«, stöhnte Greenbaum. »Rudi Dutschke war gegen dich ein nachdenklicher Feingeist. Kämpfst du denn gegen alles?«

»Gegen was hast du denn je gekämpft, Greenbaum? Gegen *Jetlag*«, sie spricht das Wort sehr verächtlich aus, »auf deinen Business-Reisen? Du hast dir wahrscheinlich in Sitzungsräumen auf die Unterlippe gebissen, damit du nicht einschläfst. Du hast deine Finger in den

Tisch des Konferenzraums gepresst, damit du nicht einschläfst. Du bist aufgestanden und hast dir in der Toilette kaltes Wasser ins Gesicht geschüttet, damit du nicht einschläfst. Und weil du dauernd damit beschäftigt warst, nicht einzuschlafen, hast du eins nicht gemerkt: dass du schon lange im Tiefschlaf warst, um nicht zu sagen, tot warst. Die gesamten Wassermengen des Hudson River hätten nicht ausgereicht, um dich wieder ins Leben zurückzubringen.«

»Was machen wir hier?« Greenbaum versuchte nach einer Weile mit dieser Frage etwas Klarheit in die Situation zu bringen.

»Du versuchst gerade den Kapitalismus im Paradies einzuführen. Das ist völlig sinnlos. Python hat diesen Laden so angelegt, dass kein kapitalistisches Gesetz je greifen wird. Das ist quasi ein Therapiezentrum. Hier machen Dolly Parton und Rory Gallagher zusammen Musik, egal, ob sie leben oder schon tot sind. Hier leben siebzig Jahre alte Bluesmusiker mit Endzwanzigern zusammen, die gerade ihre erste Single eingespielt haben. Hier gibt es keine festen Arbeitszeiten, hier gibt es kein Ordnungsprinzip.«

»Aber vielleicht bald eine Diversifikation.«

»Mensch«, grinste Patti. »Da ist er ja wieder, dein fast verkümmerter Humor.«

»Kannst du Songs schreiben?«

»Ich? Songs?« Patti war völlig irritiert.

»Ja, Songs. Ich war gestern Abend mit Python unterwegs, und er hatte die Idee, wir sollten einen Song schreiben. Einen Song, der dann ein Hit wird. Das wäre natürlich eine feine Sache, weil man davon eine Weile leben kann.«

»Klar«, sie guckte genervt in den Himmel, »und mit dem Geld macht ihr dann einen Laden auf und helft dort den Gefallenen des Kapitalismus. Habe ich schon tausend Mal gehört.«

»Du kennst die Geschichte?«

»Ich kenn' die Geschichte.«

»Python spricht mit dir über solche Sachen?«

»Er spricht mit mir über alle Sachen.«

»Wie ist euer Verhältnis?«

»Komplett asexuell.«

»Ich weiß, du bist lesbisch.«

»Ja, ich bin lesbisch. Ich würde mit jeder Frau ins Bett gehen, die nicht aussieht wie Dolly Parton.«

»Gut«, stellte Greenbaum beruhigt fest. »Dann kommen wir uns wenigstens nicht in die Quere.«

»Du stehst auf Dolly Parton?«

»Na ja.«

»Das ist typisch. All diese Typen, die in billigen Vertreterabsteigen übernachten, stehen auf Blondinen mit Riesendingern. Das passt zu euch. Wolltest du eigentlich mal deinen Chef umbringen?«

Greenbaum starrte sie entsetzt an. Er war nicht imstande zu antworten.

»Wolltest du mal deinen Chef umbringen? Habe ich die Frage undeutlich gestellt?«

»Woher weißt du das?«

»Ja, weil alle Typen, die so sind wie du, die im Paradies wie hier den Kapitalismus suchen, eigentlich ihren Chef umbringen wollen. Sie kaschieren das nur gut. Ist der Chef im Raum, sind sie von übergroßer Freundlichkeit, ist er draußen, sind sie immer noch von übergroßer Freundlichkeit, sogar zu den Wänden des Raums, in dem der Chef sich bis eben befand. Nur zu Hause kurz vorm Einschlafen holen sie jede Nacht gedanklich eine Kalaschnikow raus und bringen den Chef samt Familie um. Du bist genauso. Aber du wirst es nicht glauben: Die Chefs dieser Jungs erfreuen sich noch heute bester Gesundheit. Sie leben alle noch.«

»Hast du eigentlich je mit dem Gedanken gespielt ...« Greenbaum holte tief Luft. »Hast du je mit dem Gedanken gespielt, dir mal die Zähne zu putzen?«

»Ja klar, oft. Hatte nur nie die Zeit dazu.«

»Pass auf. Ich schenke dir jetzt eine Tube Zahnpasta und eine Zahnbürste und du putzt deine Zähne. Tu mir den Gefallen.«

Das Telefon klingelte. Das erste Mal heute. Patti ging dran.

»Hi, Python. Heute? Heute Abend? Wow, ja, ich habe nichts Besseres vor. Halb neun, nein halb neun geht nicht. Zwanzig vor neun ginge. Ja, ich muss vorher noch Zähne putzen ... Geht dich nichts an. Bis nachher.« Sie legte auf. »Wir haben 'ne Einladung.«

»Wir?«

»Ja, wir haben 'ne Einladung.« Patti grinste. »Wir sind heute Abend von Python zum Abendessen ins Atlantic Crossing eingeladen. Gibt wohl was zu feiern. Passiert zirka einmal im Jahr. Python hält dann 'ne Rede. Zwanzig Minuten Highspeed mit viel Gefühl und wenig Inhalt. Ist halt 'n Idealist, der Typ!« Patti ging zielstrebig zur Tür. Sie drehte sich noch einmal um: »Bis gleich.«

Das Atlantic Crossing war dekoriert wie noch nie. Im unteren Empfangssalon, der auch als Frühstücksraum diente, brannten überall Kerzen, die Tische waren weiß gedeckt. Am Ende des Raumes befand sich ein Buffet, das gerade von einem kleinen, drahtigen Mann, nicht mehr ganz jung, für den Abend vorbereitet wurde. Mit ungläubigem Staunen betrat Greenbaum das Gebäude. Sofort löste sich Roger vom Buffet, ging zielstrebig auf ihn zu und sagte: »Als Zeremonienmeister deiner Träume bin ich für das Catering zuständig. Soulfood. Mal im Himmel, mal am Boden, wie jetzt. Wenn dir das jedoch nicht genügt: Im wirklichen Leben bin ich Pirat. Ich greife dort an, wo niemand mit mir rechnet. Zu Wasser, zu Lande und in der Luft. In allen Sprachen, mit allen Mitteln.«

Greenbaum rang nach Luft.

Sehr geschäftig kam Python aus der Küche. »Sobald Patti eingetroffen ist, halte ich eine kleine Rede.«

»Eine Rede nur für uns beide?«

»Nein, eine Rede für uns vier. Ich spreche auch für mich und Roger.«

»Worüber sprichst du denn?«

»Nun, ich heiße euch herzlich willkommen, dann stelle ich euch eine neue unternehmerische Idee vor.«

»Eine neue unternehmerische Idee?«

»Ja, wir bringen die '68er zurück. Und diese Fete wird die Geburtsstunde sein. Wir werden, da wir die Kinder nicht erreichen, die Erwachsenen in die Kindheit zurückführen. Wir werden sie reparieren.«

»O Gott, wie das denn?«, entfuhr es Greenbaum.

»Nun, mein Lieber, mit allem, was heute uncool ist. Ich habe bereits eine CD vorbereitet. Es sind nur drei Lieder drauf.«

»Sehr spannend.«

»Ja, drei Lieder: *Nuevo Laredo, That's All You Need* und von John Lennon *Imagine*.«

Greenbaum wollte sich gerade auflehnen gegen dieses doch sehr eingeengte Repertoire. »Ist das nicht vielleicht ...«, doch Python drückte ihn zur Seite, ging zur Tür und öffnete die Arme für Patti. »Du bist schön wie nie.«

»Ich habe doch gar nichts verändert«, erwiderte Patti. »Ich bin noch nicht mal vor meinen Spiegel gekommen.«

»Das ist auch nicht nötig, du bist schön, weil du dich auf den heutigen Abend gefreut hast. Und diese Schönheit strahlst du aus.«

Er wandte sich wieder allen zu.

»Kinder, nehmt euch ein Glas und lasst mich ein paar Worte sagen: Liebe Freunde, dies ist ein Abend für euch. Für Patti, denn Patti ist für mich die Hoffnung; für Greenbaum, denn Greenbaum ist die Rückkehr ins Paradies, zu seinem Traum; und für mich – ich bin das Paradies. Und für Roger, unseren Caterer, dem Zeremonienmeister der Träume.

Das Paradies, liebe Freunde, hat jedoch einen Schönheitsfehler. Es befindet sich in der Höhle des Löwen, mitten in Amerika. Vielleicht ist Amerika selbst nichts anderes als ein Schönheitsfehler. Vielleicht ist Amerika nur ein Marketinggag, eine Reaktion auf das wirkliche Leben, aber wer weiß hier schon, was das wirkliche Leben ist. Niemand. Schaut euch die Produkte an, die uns umgeben, die Produkte, für die ihr als Knechte des Kapitalismus gekämpft habt. Die Amerikaner sind nur imstande, Produkte zu entwickeln, die aus nichts anderem als Marketing bestehen. Marlboro – was ist eine Zigarette anderes als Marketing! Levi's – was ist eine Jeans anderes als Marketing! Pepsi, Coca-Cola – was ist eine braune kalte Kaffeebrühe anderes als Marketing! Burger King, McDonald's – was ist ein Fleischklops zwischen zwei Brötchenhälften anderes als Marketing! Das können sie: Den *American Dream* zu einem Lebensgefühl kondensieren, ganz egal, ob es von einer Bulette oder einer Hose vermittelt wird.

Inmitten dieser Welt bauen wir unser Paradies. Wer weiß hier noch, wer Walt Whitman war? Niemand. Niemand weiß, wer William Faulkner war, und das Schlimmste ist: Niemand weiß, wer die Jungs vom Sir Douglas Quintet waren. Wir wollen heute Abend unsere eigene Welt bauen, das Fundament für eine bessere Welt. Wir machen heute Abend ein Mini-Woodstock. Wir haben die Hoffnung, wir haben die Kraft und wir haben einen Schweizer Zeremonienmeister.

Meine lieben Freunde, wir werden ein Heim für gefallene Manager bauen. Entweder für die Manager, die so kraftlos sind, dass sie nichts mehr taugen, oder für solche, die schon wieder so viele Kräfte gesammelt haben, dass man sie erneut einsetzen kann, nur eben für eine bessere Welt. Wir müssen uns auf unsere Wurzeln besinnen.«

Python schien von seinem Enthusiasmus regelrecht davon gespült zu werden. Er sprang auf einen Stuhl, breitete die Arme weit aus: »Irland, du wirst es bestätigen können, Greenbaum, ist ein Land, das sich seinem nationalen literarischen Erbe gewidmet hat. Ein Land, das durch seine Literaten so viel Leben gepumpt hat, dass die Bewohner daran zu platzen drohen und sich dem Alkohol hingeben. Eine Hauptstadt, die sich einen Flughafen leistet, dessen VIP-Lounge mit den Büsten seiner Literaten vollgestellt ist – das soll unser Erbe sein. Und auch England ist unser Erbe. Das Land, das die Demokratie erfunden hat. Das Land, in dem die Monarchie freiwillig zugunsten der Demokratie abgedankt hat, ein Land, das die witzigsten *commercials* der Welt kreiert. Humor kommt von *humid* – feucht. Ich will den feuchten Humor.«

Python raste durch seinen Text. »Auf dich, Patti, auf die schönste Frau der Welt!« Er trank besonders gierig ein Glas Wasser und fuhr umso energischer fort. »Du hast versucht, im Gasoline Alley Sandy Shaw und Lulu zu verkaufen. Du hast versucht, Dusty Springfield an den Mann zu bringen und Cilla Black. Wenn schon Marmeladenmusik, dann echte Marmelade, hausgemachte Marmelade, kein Industrieprodukt. Wir trinken auf Patti, wir trinken auf England, auf das Mutterland der Demokratie, des guten Rock und der witzigen Werbung. Wir trinken auf Irland, auf das Land der besten Literaten. Das Land, das mit seinen fünf Millionen Einwohnern so viele Literaten hervorgebracht hat, dass man den Eindruck haben könnte, jede Hausfrau schriebe ein Buch. *Das* sind unsere Großväter, unsere Ahnen.

Aber wie sehen ihre Nachkommen aus? Sie kennen nur ein Thema: *making money.* Sie kennen ein Kompliment: *son of a bitch,* einer größeren Zuneigung sind sie nicht fähig. Sie führen sich auf wie die Repräsentanten der Leitkultur und sind doch in Wahrheit ihr Untergang. Gut, damit genug.

New York City ist anders. New York City ist der größte Aderlass Europas zugunsten der Neuen Welt, das gallische Dorf inmitten der Dumpfheit. Es ist keine Open-Air-Disco wie L. A. Es ist kein alberner Freizeitpark wie Las Vegas. Es ist kein Möchtegern-Hightech-Städtchen wie Seattle, wo angeblich Flugzeuge gebaut werden, die aber in Wahrheit nur ein Abfallprodukt der Waffenindustrie sind. Nein. New York ist ein Versprechen, und wir wohnen im Vorgarten dieses Versprechens. Wir sind im wunderbaren Newark. Newark, der

Vorort mit den drei Flughäfen. Newark, der Ort, an dem die Welt sich neu besinnt. Newark, der Ort, der aus Kannstatt Greenbaum gemacht hat. Newark, wo Patti die schönste Frau der Welt ist. Newark, wo Roger den ersten Schritt macht auf dem Weg zum Gastronom, der die Armen füttert und die Reichen amüsiert – und der erste Ort, an den Roger Greenbaum geführt hat.«

Erschöpft und sichtlich überwältigt vom eigenen Wortschwall, fiel Python Greenbaum um den Hals. Greenbaum erstarrte zunächst, erwiderte dann aber die Zärtlichkeit, die ein wenig an Kegelbrüder-Kameradschaft erinnerte. Zögerlich, aber dann umso herzlicher. Roger vergaß das Buffet und griff sich Patti. Er drehte den Bajazzo lauter und rockte mit ihr über das Parkett zu den Klängen von *Nuevo Laredo*. Die Welt flog an diesem Abend durch die Gemäuer des Atlantic Crossing. Greenbaum sah glücklich aus. Später stellte er sich auf einen Stuhl, klopfte an sein Glas und bat um Ruhe. Niemand hatte erwartet, dass auch er das Wort ergreifen würde. Sofort stellte Roger die Musik leiser, obwohl es ihm sichtlich schwerfiel, denn er trennte sich ungern von Patti.

»Ich danke euch, ich danke dir im Besonderen.« Greenbaum wandte sich Python zu: »Das ist meine Geburtstagsfeier. Es war von dir nicht so geplant, aber ich empfinde es als meine Geburtstagsfeier. Ich hatte vergessen, wie man lebt. Ich hatte vergessen, wie man atmet. Ich hatte alles vergessen. Ich wollte reich werden. Ich wollte nicht berühmt werden. Ich wollte materiell unabhängig werden. Ich wollte im Sommer nach Kampen auf Sylt eingeladen werden, wie mein Chef, der den Urlaub an dem Luxusfleckchen herunterspielte, wenn man ihn darauf ansprach. Ich wollte auch in der Situation sein, es herunterspielen zu können. – ›Ja, ja, sicher. Warum?‹ – Das wollte ich antworten können.

Ich wollte, ich wollte, ich wollte, und ich war noch so gefangen von dem, was mir relevant erschien und heute so weit entfernt ist. Ich bin in einem Land groß geworden, in dem der Westen amerikanischer war als Amerika und der Osten russischer als Russland. Ein Land ohne Väter oder, besser gesagt, ein Land mit Vätern, die entweder selbst kriminell waren oder den Nazis zu wenig entgegengesetzt hatten. Wie sie dachte ich, eine reduzierte Persönlichkeit sei eine gute Persönlichkeit. Eine Persönlichkeit, die nicht auffällt und nicht aufhält. Eine Persönlichkeit, die sich nur in den Dienst der Sache stellt.

Python! Dich hat der Himmel geschickt. Aber lasst uns anfangen, lasst uns nicht die Arbeiter zur Bildung führen, wie es in den Märchenbüchern der 60er geschrieben steht. Lasst uns die Angestellten und Manager zurück ins Paradies führen. Lasst uns ein Sommercamp errichten, hier mitten in Newark. Unter den startenden und landenden Flugzeugen, die an die Taktung des Wahnsinns erinnern. Wir kämpfen den Kampf für das Paradies, während die Flugzeuge über unseren Köpfen vollgepackt sind mit Business-Class-Passagieren auf dem Weg zu ihrer nächsten Hinrichtung. Möge es uns daran erinnern, wie gefährdet das Paradies ist. Heute müssen wir den Jugendlichen in Schülercamps nicht mehr die Demokratie beibringen und den Austausch zwischen den Kulturen. Wir müssen Managern beibringen, wie man Kultur überhaupt buchstabiert.«

Er trank sein Weinglas in einem Zug leer und schmiss es hinter sich. Roger lachte laut auf. Das Glas hatte ihn nur knapp verfehlt. Aber er nahm es ihm nicht übel, denn das plötzliche Chaos war ein Ausdruck unbändiger Lebensfreude.

Roger, der Pirat, war in seinem früheren Leben reich geworden und hatte dennoch nicht vergessen, dass die Piraterie der Grundstock für Unabhängigkeit und Lebenswillen ist. Das versuchte er nun an Greenbaum weiterzugeben.

Patti spürte, dass die Zeit es gut mit ihr meinte, und die drei Männer um sie herum, tja, das waren feine Typen. Endlich mal feine Typen. Albany war weit weg. Das Paradies war nah, und über ihren Köpfen rauschte eine Maschine hinweg, von der selbst Python nicht sagen konnte, woher sie kam und zu welcher Airline sie gehörte. Es war irrelevant. Die Feier nahm ihren Lauf. Bis sich plötzlich die Tür öffnete.

Herein kam ein Herr, ein wenig unsicher, nach allen Seiten schauend. »Ich dachte, dies sei ein Hotel?«

»Das ist durchaus richtig. Möchten Sie ein Zimmer?«

»Ja, aber ich möchte auch nicht stören. Es handelt sich offensichtlich um ein Familienfest.«

»Ja, das stimmt, aber die Familie kann durchaus Nachwuchs vertragen. Ich merke Ihrem Blick an, dass Sie, tja, auf der Suche sind.«

»Ha«, sagte der Mann, Ende sechzig, graue Haare, »auf der Suche bin ich nicht, höchstens nach einem Zimmer.«

»Wie lange bleiben Sie?«

»Wie lange ich bleibe? Also, auf derart philosophische Fragen bin ich zu dieser späten Stunde nicht bereit zu antworten. Wie soll ich wissen, wie lange ich bleibe, wenn ich noch nicht einmal weiß, wohin ich gehe?«

»Wow. Aber Ihren Namen müsste ich schon wissen, das verlangt das Meldegesetz von New Jersey.«

»Ich bin Kotte. Ich bin der Held eines Buches. Ich war einmal ein Held der Arbeit in der DDR. Ich ging jeden Morgen und jeden Abend denselben Weg. Mein Leben war ein Schwarzweißfilm. Die einzige Farbe, die ich kenne, ist Grau. Das einzige Werkzeug, das ich kennenlernte, war ein Schlüssel. Denn in der DDR wurde immer alles abgesperrt, und die Schlösser, die abgesperrt waren, wurden beleuchtet, damit sie nachts niemand öffnen konnte. Mehr ist nicht zu erzählen.«

»Ist das nicht ein bisschen lange her?«, seufzte Greenbaum.

»Stimmt, aber ich bin ja auch der Held eines Buches. Das Buch erschien, bevor die Mauer fiel und die Welt sich veränderte. Ich gehe jetzt nach oben und lege mich ein wenig hin. Ich bin müde. Auch Romanhelden sind müde, wenn sie ihren Roman bis ans Ende durchquert haben.« Langsam schlich er die Treppe hoch, ohne abzuwarten, ob er überhaupt bleiben durfte.

»Stellst du dem auch einen Kassettenrecorder oben hin? Und was tust du da rein? Karat? Biermann? O Gott! Dieses Gespenst hättest du wegschicken sollen«, raunte Greenbaum Python ins Ohr.

»Das Paradies«, belehrte Python ihn, »weist niemanden ab. Das Paradies ist immer offen.«

»Ein Paradies«, warf Patti ein, »ein Paradies, das für alle offen ist, ist bald keines mehr.«

»Das stimmt nur dann, wenn die Bewohner des Paradieses dem Indifferenten, dem Schlechten, dem Bösen nichts entgegenzusetzen haben, und wir wissen ja noch gar nicht, ob Kotte böse ist. Wir vermuten es ja noch nicht einmal.«

Roger unterbrach unbarmherzig: »Das Essen wird kalt. Ich habe hier das beste Essen, das allerbeste Essen in der Geschichte dieses Hauses zubereitet, und ich empfinde es als Beleidigung, wenn ihr das nicht zur Kenntnis nehmt. Ich habe der lokalen Presse Interviews gegeben, dem *Newark Chronicle* zum Beispiel, und habe darauf hingewiesen, dass heute Abend hier großartiges Essen gereicht wird. Man muss seinem Catering-Unternehmen ein Gesicht geben. Das kann man nur, wenn man sich an die Presse wendet.«

»Das heißt aber«, sagte Patti, »dass der eine oder andere, der Hunger hat, hier hereinschneien wird.«

»Ja, das kann sein«, räumte Roger ein wenig unbehaglich ein, »aber da schon das Leben meistens kein *free lunch* ist, können wir doch wenigstens im Paradies die Voraussetzung dafür schaffen.«

Greenbaum atmete tief durch. »'ne krude Mischung ist das hier. Wirklich, 'ne krude Mischung.«

»Diese krude Mischung«, sagte Python, »ist die Voraussetzung dafür, dass dir das Leben wieder in die Knochen fährt. Dass wieder etwas in deinen Adern keimt, dass das Blut wieder fließt.«

»So«, Roger versuchte es noch einmal, »genug geredet! Setzt euch hin, ich tische auf. Ich habe etwas Schönes für euch vorbereitet. Wir beginnen mit einer Minestrone. Denn heute gibt es ein europäisches Menü. Das alte Europa bewirtet euch. Minestrone, Cannelloni, der Käse heißt Gjetost und kommt aus Norwegen, ist süß und braun und schmeckt wie Kakao. Die Würste sind hart, trocken und gebogen. Man nennt sie ›Dürre Runde‹, sie kommen aus Nordhessen. Aus Rothwesten, eine Hommage an unseren Freund Python. Es wird Irish Stew geben. Es wird einfach alles geben, was nicht nach

Amerika riecht. Alles, nur keine Marketingpampe. Und ganz sicher keinen amerikanischen Wein, der im Regelfall schmeckt wie designte Limonade. Sondern verdammt guten deutschen Riesling, so herb, dass sich euer Zahnfleisch nach hinten schiebt und die Zahnhälse freistehen. Und – es darf geraucht werden. Es gibt Zigarren, meine Lieblingszigarre ›La Flor de Maria Mancini‹. Es wird Zigarillos geben und die einzige Zigarette, die erlaubt ist, ist filterlos und kommt aus Frankreich.«

»Schade eigentlich.«

»Was ist schade?«

»Schade eigentlich«, warf Patti ein, »dass Gérard Depardieu nicht bei uns ist. Depardieu müsste heute Abend Genet zitieren.« Roger wischte Pattis Bemerkung mit einer Handbewegung beiseite und suchte sein Heil darin, Pythons Rhetorik nachzuempfinden.

»Na ja, Kinder, greift zu«, fuhr er um Lässigkeit bemüht fort, »fangt an zu essen, hört auf, das Leben zu proklamieren, vielleicht lernt ihr das Leben erst einmal zu leben, bevor ihr es proklamiert. Erst leben, dann proklamieren, sonst seid ihr wie Berlin. Berlin, die behauptete Weltstadt. Alle haben schon behauptet, Berlin sei eine Weltstadt, bevor Berlin selbst es überhaupt wusste. Ich habe in New York noch niemanden getroffen, der sagte, New York sei eine Weltstadt. New York ist es einfach. Wer etwas lebt, muss es nicht behaupten.«

Die kleine Gesellschaft feierte und lachte, die kleine Gesellschaft im Herzen von Newark brachte die schlechte Welt für einen Moment zum Stillstand. Und wenn die Welt stillsteht, gibt es eine kleine Chance, dass das Paradies beginnt. So zumindest sah wohl Python die Dinge: »Legt eure Armbanduhren ab.«

»Warum sollen wir unsere Armbanduhren ablegen?«

»Legt eure Armbanduhren ab«, befahl Python. »Das Paradies hat es nicht verdient, daran erinnert zu werden, dass die Zeit vergeht. Ich habe das früher häufig gemacht, während ich mit einer schönen Frau schlief. Ich wollte dann vergessen, dass die Zeit vergeht, und wollte sie nicht beleidigen, indem ich sie daran erinnerte, dass sie ein Termin zwischen anderen sein könnte. Ich wollte ihr das Gefühl geben, dass die anderen die Uhren hatten; wir aber hatten die Zeit. Ich bin schon immer ein Gegner von Armbanduhren gewesen, weil sie uns alle daran erinnern, dass unsere Lebenszeit verrinnt. Die Armbanduhr, sichtbar getragen, ist der Putz der Manager, ist eine Zumutung für das Auge, eine Zumutung für die Seele. Schmeißt eure Armbanduhren weg!«

»Eigentlich komisch«, gab Greenbaum zu bedenken, während er herzhaft in eine Wurst biss, »dass wir hier Managern, die genauso armselige Vögel sind, wie ich einer war, ein Zuhause geben. Sollten wir nicht vielmehr gemeinsam eine Firma gründen? Und zwar nicht zum Verkauf von Produkten und zur Gewinnmaximierung. Diese Firma muss für mehr stehen.«

»Kannst du mir auch nur eine verdammte Firma nennen, die nicht an EBITDA interessiert ist? Mit solchen ideellen Flausen im Kopf fangen sie vielleicht an, aber spätestens nach drei Jahren ist die Luft raus. Da haben sie alle Dollarzeichen in den Augen, alle.«

»Nun, wir könnten beispielsweise eine Firma gründen, die Träume vermittelt. Es gibt doch in Puffs diese Mädchen, die Rollenspiele machen. Warum muss das nur im Puff so sein? Wir können doch auch jenseits von Sex Rollenspiele veranstalten. Wir verkaufen Träume.

Jemand kann kommen und sagen, ich möchte hier gerne behandelt werden wie ein berühmter irischer Literat. Und wir behandeln ihn wie einen irischen Literaten.

Eine Frau beispielsweise könnte kommen und sagen: ›Ich möchte behandelt werden wie eine schöne Frau, der alle zu Füßen liegen.‹ Und wir werden sie hier behandeln wie eine Frau, die sehr schön ist und der alle zu Füßen liegen. Vielleicht trifft der Mann, der ein bedeutender irischer Autor sein will, just auf die schöne Frau, die eigentlich nicht schön ist, aber zum ersten Mal in ihrem Leben so behandelt wird. Interessant, was dabei herauskäme. Wir könnten doch wirklich Träume verkaufen?!«

»Keine schlechte Idee.« Roger wiegte nachdenklich den Kopf. »Das ist keine schlechte Idee!«

»Genau«, pflichtete Patti ihm bei. »Was in den Puffs von Albany funktioniert, in finsteren Kellern, auf erniedrigende Weise, das kann auch im Paradies funktionieren, denn was ist das Paradies anderes als eine Traummaschine?«

Sie waren begeistert. Sie wussten, sie hatten sich etwas zu sagen, und sie wussten, wann immer einer etwas erzählte, hörten alle anderen zu und bereicherten die Idee des anderen. Das allein war ja schon ein Stück Paradies.

In eine Pause hinein hörten sie von oben aus dem ersten Stock Kotte ganz vorsichtig fragen: »Darf ich auf eine Minute runterkommen? Eure Lebensfreude steckt an. Romanfiguren haben nicht viel zu lachen. Zumal, wenn ihr Buch fast vergessen ist. Wissen Sie, ich bin eine abgelegte Romanfigur. Ich bin aus der Zeit gefallen. Selbst mein Autor lebt nicht mehr. Und der Mann, dem mein Autor das Buch gewidmet hat, ist schon längst tot.«

»Wie hieß der denn?«

»Kurt Batt, Lektor. An der DDR gescheitert.«

»Kurt Batt? Nie gehört.« Greenbaum schüttelte den Kopf.

»Na ja, bei allem Respekt, dass du den Namen Kurt Batt nie gehört hast, heißt nicht besonders viel«, warf Python ein. »Du bist zwar ein feiner Kerl, aber ich würde dich nicht als literarische Kapazität bezeichnen.«

»Kann ich ja noch werden ...«

Kotte näherte sich zögernd der Gesellschaft.

»Mein lieber Kotte«, Python schien äußerst entschlossen, »mein lieber Kotte, bevor du hier die DDR-Spaßbremse gibst, will ich dich mit unseren Gepflogenheiten vertraut machen. Es geht uns um nichts Geringeres als um die Renaissance der '68er. Es geht uns darum, das Paradies in die Welt, die Träume zurückzuholen, und zwar mitten hinein in das Herz des Kapitalismus. Für mich war das Jahr '68 der Dreiklang zwischen Scott McKenzies *San Fransisco,* Rudi Dutschke und dem Prager Frühling.«

»Für mich«, erwiderte Kotte, »war's das Sanso-Schaf.«

Ungläubig bohrte Patti ihre Blicke in Kottes Antlitz. »Das Sanso-Schaf?«

»Ja. Die DDR war grau in grau. Das einzig Farbige war der Fernseher, der Bilder aus dem Westen lieferte. Ich dachte lange, dass der Kapitalismus für die Menschen, die in ihm leben, so gemütlich sein muss wie der mit Sanso gewaschene Pulli für das schlecht gezeichnete Schaf, das sich allabendlich in ihm schmiegte.«

»Wie dem auch sei«, ging Python ungeduldig dazwischen, »hier kommt die Agenda. Wir hatten eigentlich vor, lieber Kotte, also Patti, Greenbaum und ich, wir wollten eigentlich eine Schule für gefallene Manager gründen. Wenn ich aber so nachdenke, ist es sinnvoller, ein Altersheim zu gründen. Das Altersheim heißt ›Die 68er‹.«

»Sind wir dafür vielleicht nicht noch ein bisschen jung?«, gab Patti belustigt zu bedenken.

»Na ja«, sagte Python, »es ist ja ein Phänomen dieser Zeit: Die Jungen wollen schnell erwachsen sein, um dann ewig jung zu bleiben. Was für ein Paradox! Wir gründen also ein Altersheim für junge Alte und alte Junge.«

»Alte Junge?«, erwiderte Greenbaum, »Also doch für gefallene Manager.«

»Ja Gott, wenn du so willst«, sagte Python genervt. »Wir eröffnen also ein Heim für gefallene Manager, für junge Alte und vielleicht auch für Kinder und Jugendliche, deren Eltern nicht in der Lage sind, sie im Namen des Humanismus und der Liebe zu erziehen.«

»Donnerwetter«, sagte Kotte, »ihr habt euch ja viel vorgenommen. Ihr müsst aufpassen. Wir Deutschen nehmen uns immer viel vor. Wir haben schnell eine Idee und neigen dazu, diese Idee bis zum Perfektionismus zu verwirklichen. Und wir lieben das Korsett der Ideologie. Das fing mit dem Preußentum an und ging mit dem Faschismus weiter. Die DDR lag vermutlich irgendwo dazwischen.«

»Junge, Junge, Junge«, sagte Patti, »das ist ja ein lustiger Abend.«

»Meine liebe Patti«, schaltete sich Python ein, »wenn ein paar Deutsche miteinander diskutieren, riecht es immer schnell nach Volkshochschule.«

»Das mag schon sein«, sagte Patti, »aber im Moment bist eher du das Problem, Python.«

»Tja, ich bin ja auch in Deutschland geboren.«

»Gibt's denn irgendeine Bedienungsanleitung für dieses Paradies?«, ging Greenbaum dazwischen. »Mir fehlt die Phantasie, wie es aussehen könnte.«

»Auf jeden Fall«, sagte Python, »ist freie Liebe ohne Besitzanspruch eine der Verlockungen.«

»Dann hau' ich lieber mal ab«, sagte Patti. »Ich komme mir schon wieder vor wie in Albany.«

»Nein, Patti, wir wissen, dass du dich nicht für Männer interessierst. Dein Herz gehört den Damen, außer Dolly Parton natürlich. Du bist hier sozusagen die neutrale Instanz.«

»Nettes Kompliment.«

»Was heißt ›nettes Kompliment‹? Es ist ehrlich, es ist auf jeden Fall eine Positionsbestimmung, die dir Sicherheit gibt. Sicherheit vor uns allen.«

»Da bin ich aber froh.«

»Tja«, fuhr Python fort, »die freie Liebe ist in der Tat ein wesentlicher Punkt. Die Ehe ist doch gescheitert. Die Ehe begann als Versorgungsgemeinschaft. Mit vierzig waren die Menschen damals tot, das heißt, zwanzig Jahre versorgen, und der Deal war beendet. Dann wurde die Ehe irgendwann in eine Liebesbeziehung transformiert. Unglückseligerweise genau zu der Zeit, als das Lebensalter der Menschen beträchtlich stieg. Was also mit einem zwanzig Jahre währenden Versorgungsdeal begonnen hatte, mündete in eine fünfzig Jahre dauernden Beziehung, bei der bitte schön auch noch Liebe im Spiel sein sollte. Die Ehe ist also gescheitert, und die freie Liebe ohne Besitzanspruch wird zur Blume, die auf dem Mist von Millionen kaputtgegangener Ehen wächst.«

»Das kann ja heiter werden«, gab Greenbaum zu bedenken. »Drei Männer schaffen das Paradies und rufen die freie Liebe aus im Beisein einer einzigen Dame, die sich für Männer überhaupt nicht interessiert. In der Werbung nennt man das ›Streuverlust‹ respektive das Verpassen einer Zielgruppe.«

»Himmel, die freie Liebe gilt doch für Patti genauso.«

»Ach, echt?«, sprudelte es aus Patti heraus, »Bevor ihr über die freie Liebe philosophiert, wäre es nicht erst mal ganz gut, über das freie Leben zu sinnieren? Als ich noch nicht lesbisch war, ist mir aufgefallen, dass Männer, die häufig den Konjunktiv benutzen, schlechte Liebhaber sind. Und ich kann euch auch genau sagen, warum. Jemand, der mit vielen Konjunktiven und in lauter Nebensätzen kommuniziert, ist ein schnörkeliger Typ. Die richtigen Männer benutzen Subjekt, Prädikat, Objekt.«

»Wie recht sie doch hat.« Greenbaum nickte anerkennend. »Ganz meine Rede.«

»Sex ist doch nichts anderes als die Fortsetzung eines Gesprächs mit körperlichen Mitteln. Wenn ein Kerl noch nicht mal ein Gespräch führen kann, wie soll er dann lieben können?«

»Meine Frau hat mir immer gesagt, schlechte Tänzer sind auch schlechte Liebhaber«, ergänzte Greenbaum.

»Bist du ein guter Tänzer?«

»Ein hundsmiserabler«, gab Greenbaum zu. »Die Frau, die sich nachts mit mir einlässt, ist nicht zu beneiden.«

»Das ist interessant. Bist du denn so ein rabiater Typ, der es mag, wenn Frauen ins Kopfkissen beißen?«

»Wenn's das doch wäre«, seufzte Greenbaum. »Ich bin ein komplett langweiliger Typ. Mir schlafen die Frauen unter den Händen ein. Ich bin eher der Typ zum Kuscheln.«

»Ach Gott, das mag für Frauen interessant sein, die vorher mit einem rauschgiftsüchtigen Drummer zusammen waren. Die stehen danach auf so was.«

»Ich finde«, warf Kotte ein, »dafür dass ihr hier das Paradies erfinden wollt, geht ihr doch recht schnell ins Detail. Solltet ihr nicht erst mal die Grundzüge eures Paradieses festlegen?«

»Und die Finanzierung«, mahnte Roger an. »Wir Schweizer interessieren uns immer zuerst für die Finanzierung, und auch ein Paradies will finanziert werden.« Er brachte einen großen Teller mit Sandwiches, den er mit kleinen Gürkchen, Cocktailtomaten und Petersilie sehr liebevoll angerichtet hatte. Schwungvoll platzierte er den Teller in der Mitte des Tisches. »Sprecht ruhig weiter, aber greift zu! Man kann ja so viel von euch lernen.«

»Wie steht's denn mit Besitz im Paradies?«, fragte Kotte. »Das interessiert mich natürlich.«

»Ach Gott«, legte Python los, »ich besitze viel, aber nur in meinem Kopf. Ich besitze in meinem Kopf ungefähr, na, sagen wir hundert Lieblingslieder. Ich könnte sie singen, ich könnte sagen, wer sie geschrieben hat und bei welcher Plattenfirma sie veröffentlicht wurden, und ich könnte auch sagen, wann.«

»Das glaube ich nicht.« Roger schüttelte energisch seinen kantigen Kopf.

»Bitte, ich kann's euch beweisen. Ich mochte immer *Mystery Train* von Elvis Presley, September '55 auf Sunrecords, oder Lynyrd Skynyrd, *Sweet Home Alabama.*« Und er schmetterte los: »Sweet home Alabama, where the skies are so blue. Sweet home Alabama, Lord I'm coming home to you.«

»Ja, und? Plattenfirma?«

»Ja, ich geb' zu, die hab' ich jetzt nicht parat. Aber noch eine Kostprobe: Jimi Hendrix, *All Along the Watchtower,* geschrieben von Bob Dylan, September '68 auf Reprise veröffentlicht. Oder *Waterloo Sunset,* The Kinks, von Ray Davis geschrieben, Februar '68 ebenfalls Reprise.«

»Wow.«

»Oder?« Python genoss, dass er bewundert wurde. »*When a Man Loves a Woman,* Percy Sledge, getextet von Calvin Lewis, veröffentlicht März '66 auf Atlantic, oder *Long Tall Sally,* Little Richard, geschrieben von Robert Blackwell, veröffentlicht März '56 auf Speciality, oder *Up on the Roof,* The Drifters, nach Carole King und Gerry Goffin, veröffentlicht November '62 auf Atlantic.«

»Hör auf! Wir haben einen Buchhalter in unserer Mitte. Ich habe immer gedacht«, fuhr Greenbaum fort, »ich sei der Einzige. Aber das ist ja *er*!«

»Na ja, eher ein Plattenhalter als ein Buchhalter.«

»Nein, du hast die Mentalität eines Buchhalters. Es ist doch völlig unwichtig, wann eine Platte veröffentlicht wurde und bei welchem Label.«

»Vorsicht, es ist nicht unwichtig, wenn man einen Plattenladen führt. Man muss den Markt kennen, man muss das Produkt kennen ...«

» ... um dann nichts zu verkaufen«, vollendete Patti den Satz.

»Sie haben einen Plattenladen?«, fragte Kotte. »Sie sind ja ein richtiger Unternehmer.«

»Das kannst du glauben, ich bin ein richtiger Unternehmer. Ich war nie angestellt. Ich wäre ein schlechter Angestellter, aber ich bin ein guter Unternehmer.«

»Was erzählen Sie da alles?« Die Bedienung im Züricher Flughafenrestaurant betrachtete Kannstatt mit prüfendem Blick. Er war ihr wohl unheimlich und irgendwie rätselhaft, aber sie war sensibel genug, um zu spüren, dass dieser Mann tief in Probleme verstrickt war und ihr eine gewisse Verantwortung daraus erwuchs. »Sie wollen einen Cognac, wenn ich Sie recht verstehe, oder?«

Kannstatt starrte sie lange an.

»Tun Sie mir nichts«, flüsterte die junge Frau.

Vorsichtig tasteten sich seine Blicke durch den Raum. Nur wenige Tische waren noch besetzt im Restaurant des Züricher Flughafens. Es war sehr still. Wie war er hierhergekommen?

»Wissen Sie«, setzte Kannstatt an, »ich habe auf so vieles verzichtet, um eine vernünftige Karriere zu machen. Ich habe Kreatives in mir abgetötet, ich bin die Wege gegangen, die man von mir verlangt hat. Ich habe die Sätze gesagt, die man von mir verlangt hat. Ich bin das Resultat der Erwartungen, die man an mich gestellt hat. Ich habe lange keine Erwartungen enttäuscht. Ich habe voller Eifer an dem Drehbuch mitgeschrieben, das die Grundlage zu meinem Lebensfilm ist. Aber ich habe noch nicht einmal darauf Einfluss genommen, ob es ein Thriller, eine Komödie oder gar ein Melodram wird. Ich habe nur gesagt: ›Lasst mich die Hauptrolle spielen‹, und tatsächlich fanden sich einige, die dazu bereit waren, mir die Hauptrolle in ihrem Werk zu geben.

Heute geht es mir wie Kotte. Kotte ist ein Romanheld, aber seinen Roman kennt man nicht mehr. Sein Leben geht zwar weiter, doch sein Schicksal ist vorbei. Viele solcher Helden sind aus der Zeit gefallen. Der ein oder andere überlebt vielleicht in einer Chargenrolle. Man möchte von ihm nicht mehr die ganze Bandbreite seines schauspielerischen Handwerks sehen. Man möchte vielmehr, dass er in der richtigen Tonlage, im passenden Moment, genau den Text sagt, den man von ihm erwartet. Er muss immer wieder ins Repertoire greifen und denselben Satz, dasselbe Lächeln, dieselbe Albernheit hervorzaubern. Manchmal überleben solche Leute.«

»Was haben Sie jetzt vor?«, fragte die junge Frau. »Sie brauchen Hilfe. Sie brauchen Hilfe, mein Herr.«

»Ich brauche Hilfe? Ja, das ist zweifellos richtig. Aber seit vielen Jahren. Wahrscheinlich brauche ich jetzt zum ersten Mal keine Hilfe. Nur fällt es Ihnen jetzt auf. Aber ich bin ungerecht. Sie haben mich vorher ja nicht gekannt. Ich hätte immer Hilfe gebraucht, es hat nur keiner gemerkt. Ich am allerwenigsten. Aber ich danke Ihnen sehr.«

Kannstatt musste an Peter Sellers denken, den britischen Filmschauspieler, der 1980 in London starb. Sein Tod hatte ihn damals erschüttert, hatte Sellers doch Dinge gesagt, die ihn betrafen. Er hatte sich ein Interview aufgehoben. Auf die Frage, wie viel er denn, wenn er eine Rolle spielte, von sich preisgebe, hatte Peter Sellers geantwortet: »Nichts. Ich bin ein Mikrophon. Ich habe keine eigene Stimme.«

Der Reporter fragte weiter: »Wie sind Sie wirklich?«

Und er meinte: »Kann ich nicht sagen. Es gibt kein *Ich*. *Ich* habe ich chirurgisch entfernen lassen.«

Kannstatts Glieder schmerzten. Er hatte wohl einige Zeit gesessen, ohne sich zu bewegen, ohne seine Körperhaltung zu verändern – oder waren nur ein paar Minuten vergangen, seit er am Flughafen angekommen war? Wie ein Rheumakranker stand er nun eine Weile neben seinem Stuhl. Es dauerte ein wenig, bevor er die ersten Schritte machen konnte. Jemand wollte ihn stützen, doch er lehnte unwirsch ab. Langsam ging er durch das Restaurant hinaus in die Abfertigungshalle mit den unzähligen Check-in-Schaltern. Es roch nach Bohnerwachs. Die Halle war fast leer. Am Ende der Halle knutschte ein Liebespaar. Sie waren wahrscheinlich betrunken, denn sie hatten Mühe, sich auf den Beinen zu halten.

Kannstatt hatte nicht vor, den Flughafen wieder zu verlassen. Er dachte an die Projektionsfläche »Flughafen«, die jeden, der innerlich labil ist, wie einen Helden erscheinen ließ. Hier war jeder ein versierter Geschäftsmann. Hier war jeder ein weitgereister Tourist. Kannstatt begann sich vorzustellen, wie es wäre, für immer am Flughafen zu bleiben. Vielleicht ausgestellt im flughafeneigenen Museum. Als Kriegerdenkmal für einen, der bereit war, für die reine Lehre des Kapitalismus alles zu geben. Die Kinder würden kommen, begleitet von Lehrerinnen und Lehrern.

»Seht her, der Letzte seiner Art! Der letzte Kämpfer für den Kapitalismus. Der seine Gesprächspartner an ein fliehendes Pferd erinnerte.« Man könnte Sprachproben in die Museumsbox einlassen. Man wirft fünfzig Cent ein und hört Texte von Kannstatt, der zusammengekauert im Glaskasten hockt. Sprachproben wie: »Ich gehe erst aus dem Büro, wenn der Job gemacht ist, und wenn es achtzehn Stunden dauert.« Oder Telefonate, die Kannstatt mit seiner Sekretärin geführt hat. Kurz nach der Landung. Wesentliche Informationen. »Frau Meyer, bin gerade gelandet. Bin jetzt hier in München. Ist der Sowieso da?« Kein »Guten Morgen«, kein »Guten Tag«, kein »Wie geht's Ihnen?«. Effizienz! »Frau Meyer, ist der und die da? Ist die Ware schon eingetroffen? Ist der Workflow optimiert?«

Plötzlich gefiel Kannstatt die Idee, ausgestellt zu werden, eine Art Mahnmal zu sein.

Vor ihm lief ein junger Mann, begleitet von einer jungen Frau. Beide in dunklen Anzügen. Sie hatten große Mappen dabei, aus Leder. Darin waren offensichtlich Charts aufbewahrt. Mein Gott, durchzuckte es ihn. Wie viel Tausende von Charts hatte er erstellt. Schwarzweiße Charts, farbige Charts, Charts auf Englisch, Charts auf Deutsch, Charts auf Französisch. Er war so gut im Präsentieren, dass er während der Präsentation an etwas völlig anderes denken konnte.

Der Zeitungskiosk hatte noch geöffnet. Er schaute sich die Zeitungen an. Als er die wichtigen Geschäftsleute auf den Wirtschaftsmagazinen sah, ferner die Politiker, die auf den Zeitungen abgebildet waren, wurde er daran erinnert, dass er von irgendetwas leben musste. Aber wie so schnell die Airportverwaltung davon überzeugen, dass er jetzt am Flughafen eine Ausstellung plante und er selbst das einzige Ausstellungsstück sein würde? Das ging nicht mal in der Schweiz. Er entschied sich für das, was er am besten konnte: den Geschäftsmann zu simulieren. Allerdings mit einer Verfeinerung – er beschloss, den Unternehmensberater zu geben. Der auf alles eine Antwort fand. Der *jeden Vorgang* erklären konnte, und zwar so, dass er gut klang. Der Eunuch, der die Liebe erklärte. So einer wollte er sein. Und der Flughafen war der Kontakthof. Der Flughafen war …

»Hallo?« Kannstatt fuhr herum. »Hallo?« Die Bedienung aus dem Flughafenrestaurant sprach wieder mit ihm. Sein zielloses Wandern hatte ihn dahin zurückgeführt.

»Sie brauchen Hilfe, mein Herr. Und ich kann sie Ihnen nicht geben.« Sie schaute ihn lange an. Sie hatte einen faszinierenden Blick.

»Warum schauen Sie mich so an? So lange.«

»Weil ich in Ihren Augen etwas zu sehen meine, was mit Abenteuern und Träumen zu tun hat. Sie sollten mal wieder weinen.«

»Warum soll ich weinen?«, entfuhr es Kannstatt.

»Es reinigt die Gläser vor den Augen. Man kann danach wieder besser sehen.«

»Blümchenlyrik.«

»Nein, Strindberg.«

»Woher kennen Sie Strindberg?«

»Hier im Restaurant bleibt vieles liegen. Die Menschen gehen mit ihren Büchern nicht sehr pfleglich um. Ich hoffe immer darauf«, sagte sie, »denn ich profitiere davon. Auch Strindberg blieb einmal liegen: *Der Vater.* Dieses Zitat hat mir gut gefallen.«

»Kommen Sie morgen wieder. Jetzt bin ich müde.«

Mitten im Gedanken sank Kannstatt in sich zusammen. Er dämmerte vor sich hin. Er ließ sich in einen Flughafensessel sinken, und erneut überkam ihn diese Einsamkeit. Er wünschte sich dann immer, dass es ihn nicht so weit hinaufgetrieben hätte. Dass er die Karriereleiter früher verlassen hätte. Ein paar Etagen früher. Ein redliches, bescheidenes Leben mit einer Führungskraft über sich, der er vertraute und die er respektierte. Er wünschte sich dann in ein Einfamilienhaus, das, sagen wir, im Dorf Wüstenrot stehen könnte.

Er hatte vor einiger Zeit alte Schulhefte gefunden, und ihm war aufgefallen, dass er, wenn ihm langweilig gewesen war, kleine Häuschen gemalt hatte. Kleine Häuschen, die an die Modellhäuschen der Firma Faller erinnerten, um die meist eine Märklin-Eisenbahn fuhr. Um die Häuschen war jeweils ein Holzzaun gemalt. Ein paar Blumen im Garten, aus dem Schornstein rauchte es. Das war die Idylle. Er konnte nicht zeichnen, aber dieses Häuschen hatte er immer wieder versucht. Die Idylle von Wüstenrot. Sein kleines Glück.

Aber früher hatte es in ihm auch noch die andere Welt gegeben. Den Rock'n'Roll, der natürlich zu Hause verboten war. Die alte Plattensammlung. Norman

Greenbaum, *Spirit in the Sky*, Easy Rider, Woodstock. Der große Traum. Natürlich hatte er gehofft, der Traum würde Wirklichkeit. Doch als er für einige Jahre Wirklichkeit hätte werden können, war er zu klein und zu schwach. Und als er größer wurde, war er schon museumsreif, der Traum. Aber selbst wenn er im richtigen Alter in den Traum hineingeboren worden wäre, er hätte sich wahrscheinlich nicht getraut mitzumachen. Er wäre aus einem Sicherheitsbedürfnis heraus der Jungen Union beigetreten. Weil sie ein Geländer bietet, das andere gebaut hatten. Die Kraft zu einem eigenen Geländer hatte er nie gehabt. Er hatte oft darüber nachgedacht, dass es besser gewesen wäre, ohne Eltern aufzuwachsen, ohne Erwartungen, die an ihn gerichtet wurden. Das wäre besser gewesen, jetzt war er sich dessen sicher.

Und so saß er nun da, zusammengesunken in einem Flughafensessel des Flughafens Zürich. Irrend zwischen Phantasien, zwischen Ängsten, zwischen Polen, die Orientierung geben müssten. Aber was kann Norman Greenbaum noch für eine Orientierung geben in einer Welt, deren Kathedralen sich Orwell nicht schlimmer hätte vorstellen können? Die noch gläserner, noch datendurchfluteter war als in *1984*. Alle waren zufrieden, alle waren glücklich, weil sie ihre Gehirnwäsche schon hinter sich hatten.

In Kannstatts Gehirn war der Kampf wieder aufgeflammt. Mal siegte das Kapital, mal siegte Norman Greenbaum. Der Neurotiker ist immer auf der Flucht. Er findet nie Erfüllung. Das ist seine Tragik. Dieser Gedanke schoss Kannstatt durch den Kopf. Es waren die Fieber. Die Fieber, die Träume, die ihn immer wieder heimsuchten. Meistens morgens. Morgens um drei wachte er auf, gepackt von allen Lebensnöten. Oft war er mit der Angst erwacht, einen Herzinfarkt zu erleiden. Er wusste gar nicht, warum. Aber die Sorge war da.

Wie bei einer virtuellen Hausbesichtigung durchlief er wieder das Atlantic Crossing. Dieses Gebäude war seine Burg, in die er sich zurückzog. Ein Hotel von Gleichgesinnten. Die Mischung zwischen Wüstenrot und Newark. So ein bisschen am Rande, da ließ es sich gut leben. Man konnte aus sicherer Entfernung zuschauen und beim Anblick der Gestrandeten, die nachts Halt im Atlantic Crossing suchten, fiel die eigene Schwäche nicht so auf. Ganz im Gegenteil. Es gab Menschen, denen es noch schlechter ging. Aber die Gäste im Atlantic Crossing, die er in diesem Moment gedanklich danach abtastete, ob sie noch alle da waren, ob das Personal noch zur Verfügung stand, das waren Lebenskünstler, vielleicht Fragmente seiner eigenen Persönlichkeit, die er nie richtig kennengelernt hatte. Greenbaum, Python und Kotte – sie waren seine Freunde geworden. Er war einer von ihnen. Er erinnerte sich daran, wie er zu Hause in Frankfurt auf dem Bett gelegen und Klaus Schlesingers Buch *Alte Filme* gelesen hatte. Ein abgegriffenes Taschenbuch. Sein Vater hatte das Buch nicht gemocht, weil DDR-Autoren von vornherein unter Verdacht standen.

Er sprang auf und versuchte sich zu orientieren. Um ihn herum wurde geputzt und gewienert. Reinigungspersonal aus den Ländern der Dritten Welt sorgte für Sauberkeit. Sauberkeit war ihm sympathisch. Deswegen mochte er auch den Begriff Gehirnwäsche durchaus ganz gern. Gehirnwäsche klang nach Sauberkeit. Er lief schnell und hastig hin und her. Zickzack. Er suchte die junge Bedienung. Und fand sie.

Sie rechnete gerade ab und schien sich dabei Zeit zu lassen, wohl in der Hoffnung, dass er sich noch mal meldete. Das bildete er sich jedenfalls ein. Vielleicht war die Einbildung ja berechtigt.

»Kennen Sie Schlesinger? Können Sie morgen sein Buch mitbringen?«

Sie sah ihn fragend an, ein wenig ängstlich.

»Sie sagten doch, Sie lieben Literatur. Sie sagten doch, Sie hofften, dass die Menschen hier Bücher liegenlassen. Ich habe kein Geld dabei, aber ich werde es Ihnen eines Tages geben. Versuchen Sie bitte, das Buch von Klaus Schlesinger zu finden, *Alte Filme*.«

Sie nickte. »Werde ich das Buch verstehen? Ist es ein trauriges Buch? Ich bin nicht sehr gebildet.«

»Ich weiß nicht, ob Sie das Buch verstehen. Es ist sehr lange her, dass ich es gelesen habe. Es handelt von einer Welt, die abgeriegelt ist. Kottes Leben ...«

»Den Namen haben Sie schon mal erwähnt.«

»Kotte ist die Hauptfigur. Er wohnt auch manchmal in meinem Hotel.«

»Wo ist das?«

»Das ist, das ist ...« Er zögerte, ob er es sagen sollte. »Am Flughafen in Newark, in der Nähe von New York.«

»Sie haben ein Hotel am Flughafen in Newark?«

»Es heißt Atlantic Crossing.«

»Dann ist es wohl am Atlantik?«

»Nein, nein. Aber die Hauptperson des Buches wohnt dort.«

»Wie kann die Hauptfigur einer Geschichte in einem Hotel in Newark wohnen?«

Er lächelte und ließ sich auf den einzigen Stuhl fallen, der noch nicht auf dem Tisch stand. Zum ersten Mal sah sie ihn lächeln. »Doch, das geht«, sagte er, »das geht. Versuchen Sie, das Buch zu bekommen. Ich wünsche Ihnen eine gute Nacht.«

»Bleiben Sie hier?«

»Ja, wo soll ich sonst hin?«

»Das weiß ich nicht. Wenn Sie ein Hotel in Newark besitzen, dann werden Sie sich vielleicht auch eines in Zürich leisten können.«

»Ja, sicher. Vielleicht.«

Kannstatt sah sie den Gang hinuntergehen. Wäre er mit sich im Reinen gewesen, hätte er sich getraut, sie erotisch zu finden. Ihm fehlte die Kraft, ihm fehlte der Wille. Vielleicht, und das wog am schwersten, fehlte ihm auch die Phantasie dazu.

Sind am Flughafen nachts die Menschen verschwunden, scheint dieser Ort jede Existenzberechtigung verloren zu haben. Was am Tag mächtig und beeindruckend erscheint, wirkt nachts eher lächerlich. Natürlich beschlichen Kannstatt in dieser Atmosphäre wieder die Gedanken an den nordfriesischen November und damit an den Tod. Wie ein Refrain in einem schlechten Soldatenlied kehrten diese Gedanken immer wieder zurück. Auch dort, wo sie nicht hinpassten. Das machte den Refrain eines schlechten Soldatenliedes aus.

Sind wir nicht die meiste Zeit tot? Sind wir nicht wie ein Delphin, der die meiste Zeit unter Wasser verbringt und dann einen einzigen Sprung unternimmt? Möglichst hoch. Ist dieser Sprung des Delphins nicht eine Metapher auf unser Leben? Wir erheben uns aus einem toten Meer und landen wieder dort. Und welche Kraftanstrengung wir auch unternehmen, um unsterblich zu bleiben, das Meer des Todes zieht uns wieder an. Kannstatt schmunzelte, dieser Gedanke schien zum ersten Mal auch eine tröstende Komponente zu haben. Wahrscheinlich wurde die Großmutter vom Niederrhein in ihm wach, die mit ihrer schelmenhaften Art noch jedem Umstand etwas Positives hatte abgewinnen können. Schade, dass er mit ihr nicht noch einmal sprechen konnte.

Kannstatt lief wieder hastig hin und her. Der Gedanke, ein Parasit der Geschäftemacher oder besser der Pächter zu sein, die am Flughafen ihr Auskommen finden, machte ihn krank. Nein, er musste etwas Eigenes finden, das er hier beisteuern konnte. Er war beseelt von dem Gedanken, etwas beizutragen. Erneut kam ihm der Einfall, sich selbst auszustellen. Er erinnerte sich, dass er früher fasziniert vor den riesigen Modelleisenbahnanlagen gestanden hatte, die häufig auf Hauptbahnhöfen errichtet worden waren. Man konnte fünfzig Pfennig, eine Mark oder sogar zwei Mark einwerfen, und schon fuhren Züge. Wahrscheinlich gefielen sie ihm so, weil sie der Idylle glichen, die er in seine Schulhefte gemalt hatte. Hätte er die Macht gehabt, seine Ehe zu retten, dann hätte er, das wusste er ganz genau, im Keller eine Modelleisenbahn gehabt. Eine idyllische Modelleisenbahn, die ihm Zuflucht gegeben hätte und Zuversicht, dass es irgendwo, und sei es nur in seinem Keller, eine bessere Welt gab.

Kannstatt haderte mit den verschiedenen Welten, die in ihm fieberten, die in ihm um die Oberhand kämpften. Sehnsucht nach der Idylle und Sehnsucht nach Rock

’n’Roll! Während er diesen Widerspruch gedanklich aufzulösen versuchte, näherte sich ihm ein Mann. Mit leichtem Schweizer Akzent forderte er ihn auf, den Flughafen zu verlassen.

»Sie können hier nicht bleiben. Sie haben kein Reisegepäck. Sie sehen verwirrt aus«, stellte der Mann, der sich als Nachtwächter entpuppte, mit erstaunlicher Präzision fest. »Sie sehen übernächtigt aus, wenn ich so sagen darf, mein Herr, Sie sehen aus, als seien Sie am Ende.«

Kannstatt nickte. »Sie haben vollkommen recht. Ich bin an einem Ende. Aber lassen Sie mich das genauer erklären. Ich bin an einem Ende angekommen, und ich darf Ihnen sagen, es lebt sich an einem Ende ganz komfortabel.«

»Ach, das weiß ich nicht, mein Herr«, sagte der Nachtwächter. Er war ein gutmütiger Mann in den späten Fünfzigern, der ganz offensichtlich mal etwas anderes gelernt hatte und hier ein spärliches Auskommen fand. Gleichwohl hatte er sich eine positive, lebensbejahende Physiognomie bewahrt.

»Passen Sie auf«, sagte Kannstatt. »Wir treffen eine Verabredung. Ich darf heute Nacht hierbleiben und werde die Zeit nutzen, eine Geschäftsidee zu entwickeln. Wenn Sie mir diese Chance geben, beteilige ich Sie morgen an meiner Idee.«

»Oh, mein Herr, das ist sehr nett, aber ich verstehe nichts von Geschäften. Ich bin auch kein Unternehmer. Ich bin froh, hier arbeiten zu können. Und was habe ich von einer Geschäftsidee, die ich nicht kontrollieren kann? Und überhaupt, das Geschäft werden Sie sicher irgendwo auf der Welt eröffnen, aber nicht hier.«

»Ha«, stieß Kannstatt hervor, »das ist genau der Irrtum. Ich werde das Geschäft hier am Flughafen eröffnen. Ich werde einen Glaskasten errichten, werde in den Glaskasten steigen und werde Wünsche erfüllen. Oder vielleicht …«

»Warum stocken Sie?«, fragte der Nachtwächter.

»Ich weiß es nicht.« Kannstatt erschrak.

»Ich wollte Sie nicht unterbrechen«, entgegnete der Nachwächter. »Sie hatten gerade den Satz beendet mit ›Ich möchte Wünsche erfüllen‹, und wenn Sie mich fragen«, fuhr der Nachtwächter fort, »mehr ist dazu nicht zu sagen. Die meisten Menschen, die ich hier beobachte, haben Reisegepäck dabei, das nicht deshalb so schwer ist, weil sie ihren Besitz von A nach B bringen, sondern weil all ihre unerfüllten Wünsche darin liegen. Bleischwer. Tonnenschwer.«

Kannstatt entgegnete etwas mürrisch: »Das ist Lore-Lyrik.«

»Das mag sein«, antwortete der Nachtwächter. »Ich verstehe nichts anderes. Ich gebe nur zu, dass Ihre etwas ungewöhnliche Geschäftsidee sehr reizvoll klingt. Aber ich kann Sie trotzdem nicht hierbleiben lassen. Ich kann nicht einfach zu meinem Vorgesetzten sagen: ›Ich habe einen etwas wirren, aber zweifellos intelligenten und sympathischen Geschäftsmann im Flughafen übernachten lassen, weil er eine Geschäftsidee hat, die daraus besteht, Wünsche zu erfüllen.‹ Und auf die Frage meines Chefs: ›Ja, und warum haben Sie das erlaubt?‹, müsste ich dann antworten: ›Weil ich am nächsten Morgen mit zehn Prozent an dieser Geschäftsidee beteiligt wurde.‹«

»Wir könnten das franchisen.« Kannstatt stierte auf einen Punkt an der Wand.

»Franchisen, was ist das nun wieder?«

»Na ja, wir stellen mehrere Glasboxen nebeneinander auf. In der einen sitze ich und erfülle Wünsche. In den anderen sitzen andere Menschen, alle ihre eigenen Unternehmer, und machen beispielsweise Komplimente, Liebeserklärungen, etc.«

»Die Idee mag ich.« Der Nachtwächter freute sich.

»Ach, die mögen Sie? Kennen Sie die junge Frau, die hier im Flughafenrestaurant arbeitet? Sie kommt aus dem Ausland. Ich habe sie nicht gefragt, wie sie heißt. Sie hat dunkle Haare.«

»Mein Herr, die Damen, die hier beschäftigt sind, arbeiten in einem Drei-Schichten-System. Sie kommen alle aus dem Ausland, und die meisten haben dunkle Haare. Mit einer derart unpräzisen Beschreibung kann ich Ihnen wenig helfen. Aber warum fragen Sie?«

»Weil sie mir morgen ein Buch mitbringt.«

»Ah, Sie werden schon von der Außenwelt versorgt. Das ist gut.« Der Nachtwächter schaute sich vorsichtig um. »Passen Sie auf, mein Herr, ich habe Sie einfach nicht gesehen. Ich mache jetzt weiter meinen Rundgang. Tun Sie mir nur einen Gefallen. Wenn Sie von einem anderen erwischt werden, sagen Sie nicht, dass Sie mich getroffen haben. Ich lasse Sie hier übernachten, indem ich einfach so tue, als hätte ich Sie nicht gesehen. Warum heute Abend nicht mal ein christliches Werk tun«, sagte er wie zu sich selbst. Er verabschiedete sich nicht, ging kopfschüttelnd seiner Wege und verschwand in der Ferne eines schier unendlich erscheinenden Flughafenganges.

Das frischgebohnerte Holzparkett schimmerte wie der Fußboden einer Kathedrale, durch deren Fenster das abendliche Sonnenlicht einfällt. Kannstatt weigerte sich zu schlafen. Die Dämonen würden die Gelegenheit nutzen und ihn heimsuchen. Das wollte er nicht. Er musste sich vorbereiten. Er musste sich gründlich vorbereiten auf seinen Besuch beim Flughafendirektor. Sicher wäre es gut, wenn er eine Materialliste dabei hätte. Wie viel Plexiglas braucht er? Wie viel Holz? Einem Flughafendirektor konnte man nicht mit einer unausgereiften Geschäftsidee kommen.

Er steckte sich hastig ein Zigarillo an. Diese Gewohnheit hatte er nicht aufgegeben; seine Mutter schenkte ihm häufig diese billigen Zigarillos. Und aus einer gewissen Dankbarkeit heraus rauchte er sie weiter, obwohl sie einen bitteren Geschmack auf der Zunge hinterließen. Er wusste wohl, dass es nicht gesund war. Aber er bildete sich ein, wenn er ein Zigarillo rauchte oder eine kleine Zigarre, hätte er fruchtbare Ideen oder sei irgendwie kreativer.

Er erinnerte sich, dass er als Kind häufig mit seinen Eltern im Harz gewesen war. In der Nähe von Bad Sachsa gab es einen sogenannten Märchengrund. In einem kleinen Bachtal waren verstreut kleine Modellhäuschen aufgebaut, in denen unterschiedliche Märchen dargestellt waren. Mit bescheidenen Mitteln wurden Lichteffekte gesetzt, die Puppen bewegten sich zappelnd. Ihm war jedes Mal ein Schauer über den Rücken gelaufen, wenn er dort entlanggegangen war.

Warum dachte er jetzt daran? Weil ihm vorschwebte, eine Straße oder besser einen Weg mit verschiedenen kleinen Destinationen zu bauen. Jede Destination bestünde aus einem Glaswürfel mit einer Botschaft. Die Botschaft müsste von unterschiedlichen Menschen in kleinen Inszenierungen dargestellt werden. Er schlug sich mit der flachen Hand auf den Oberschenkel. Er war begeistert von seiner Idee. Ich baue mir einen Weg! Einen Weg wie den Jakobsweg, den jährlich Tausende

Pilger benutzten. Nur müssten sie nicht ihre Sünden beichten, sondern hier bekämen sie bei jeder Destination eine Illusion zugerufen. Sie würden glücklich gemacht. Und gerade in der Widersprüchlichkeit, so dachte er, lag vielleicht die Quelle des Glücks. Warum sollte denn nicht in einem Würfel eine Modelleisenbahn sein, die für die Sehnsucht nach der Idylle stand, und im nächsten schon hörte man Rockmusik der späten 60er und frühen 70er, als die freie Liebe noch nicht auf Kosten der Frauen ging, sondern die Frau noch gleichberechtigte Partnerin war? Als überall auf der Welt die menschenverachtenden Lügengebäude zusammenbrachen. Von Prag bis Watergate.

Er hockte sich auf den Boden und schrieb. Erste Destination: Greenbaum – der Platz für die Rock'n'Roller. Zweite Destination: Idylle. Hier können die Bausparer glücklich werden. Die Sicherheitstrunkenen. Dritte Destination: Kompliment. Hier kann man Komplimente wie Drogen konsumieren. Man darf von ihnen abhängig werden. Wer das überlebt hat, geht zur vierten Destination: der Unternehmer. Jeder Angestellte begreift sich als Unternehmer. Normalerweise wird jeder Angestellte von seinem Chef ermahnt: Wir brauchen Unternehmer; und verhalten sich die Angestellten dann entsprechend, werden sie gefeuert. Nein, hier wird dem leitenden Angestellten bis hinauf zum Vorstand suggeriert, er sei ein Unternehmer, der auf eigenes Risiko arbeitet, der keinen zu fragen braucht, der völlig unabhängig ist. Hier wird der alte, wertkonservative Satz gefeiert: »Das Bewusstsein bestimmt das Sein«, und nicht umgekehrt, wie die Angestellten meinen.

Kannstatt wusste, er hatte eine grandiose Idee. Er hatte eine grandiose Idee, die es nun umzusetzen galt.

Gleich morgen wollte er damit beginnen. Aber wie bis zum Morgen die Zeit verbringen?

›Ich muss Python anrufen. Python, der für das Wahre steht. Python nehme ich auf in das Geschäftsprojekt.‹ Er sackte in sich zusammen. Ob es Python überhaupt gab? Vorsichtig sah er sich im Flughafen um. Ob Python mich vielleicht sogar beobachtet?

Egal, er konnte sich nicht durch einen Gedanken wie diesen in seinem Enthusiasmus bremsen lassen. Er dachte weiter.

Seine Frau war schon immer eine große Freundin des Theaters und Balletts gewesen. Ihn schauderte, als er plötzlich an seine Frau denken musste. Wie oft hatte sie ihn gebeten, sie doch einmal ins Ballett zu begleiten. Und er hatte immer abgelehnt. Es war ihm weibisch erschienen. Er hatte sich in seiner Ablehnung wohl gefühlt. Es grenzte ihn ab von der Persönlichkeit seiner Frau, die er manchmal als zu dominant empfunden hatte. Diese letzte Bastion der Verweigerung hatte er sich nicht nehmen lassen wollen. Jetzt aber ließ ihn der Flughafen an Ballett denken, weil er ihm wie eine Bühne vorkam. Er war felsenfest davon überzeugt, dass die Destinationen, die Glaswürfel, sich ideal eignen würden für die Bühnenchoreographie eines Theaterstücks oder eines Balletts. Denn ohnedies kamen ihm die Manager immer mehr vor wie Tänzer. Tragische Tänzer. Er lachte laut auf. Das mochte auch daran liegen, dass viele Manager im Laufe der Zeit zur Karikatur ihrer selbst verkamen. Die einen hatten sportlich flache Bäuche und genossen es, sich sportlich und spielerisch bewegen zu können. Die anderen hatten diesen Ehrgeiz längst aufgegeben. Sie schoben einen Bauch vor sich her wie Schwangere. Im Profil sahen sie oft lächerlich aus. Begriffen sie doch den Bauch auch als eine Requisite ihrer Männlichkeit. Dazwischen die Frauen, eingepfercht in Jil-Sander-Kostüme, die sie Männern vergleichbar machten. Nur einige ältere Geschäftsfrauen, meistens Inhaberinnen, leisteten sich noch eine gewisse körperliche Opulenz, gepaart mit Goldschmuck und Brillengestellen, die vielleicht zu viel Ornament hatten. Sie waren ihm aber immer noch lieber als die Frauen von heute, die meist überhaupt kein Ornament mehr trugen. Die aussahen wie Schauspielerinnen, die gerade *Bernarda Albas Haus* gaben. Spanien in der Repression. Schwarz, alles ist schwarz, die Gesichter fahl und eingefallen. Und Jil Sander sitzt im Souffleurkasten.

Für die Inszenierungen in den Glaswürfeln sah er verschiedene Möglichkeiten. Zum Beispiel das Stück *Die Kündigung*, das seit drei Monaten jede Woche mehrmals in seinem Kopf gespielt wurde, wie in einem Kleinstadttheater. Es ging so:

Er wird an einem Freitag in das Büro seines Chefs gerufen. Ohne jede Vorahnung betritt er den Raum. Hätte er eine Vorahnung gehabt, dann wohl eher eine positive. Natürlich malt er sich vorher aus, was der Chef von ihm will. Gedanken sind Kräfte, sagt er sich. Negative Gedanken sind negative Kräfte. Also geht er positiv in das Büro seines Chefs. Es herrscht ohnedies ein rigoroses Melancholieverbot. Melancholie passt nicht hinein in diese Welt. Intellektuelle sind melancholisch, wenn sie eine bessere Welt entwerfen und damit ihre Melancholie vertreiben wollen. In der Company muss man keine Melancholie vertreiben. Dieses Pflänzchen wächst dort gar nicht erst.

Altmann sagt mit wattierter Stimme: »Ich muss Sie freisetzen.«

»Freisetzen?«

Kannstatt kann mit dem Wort nichts anfangen. »Was heißt das?«

»Das heißt, ob ich will oder nicht, ich muss die Geschäftsführung verkleinern. Führungsebene eins. Direkt unterm Vorstand. Ein Geschäftsführer weniger, das ist sehr sinnvoll. Ihren Geschäftsführungsbereich kann man am besten aufteilen unter den anderen, die bleiben dürfen.«

In dem Stück in seinem Kopf ist er gerade mit seiner Familie umgezogen. Die Kinder haben die Schule gewechselt. Er traut sich noch nicht einmal, das zu sagen. Es wäre Schwäche. Ein Söldner geht tapfer von Bord. Der Western namens Kapitalismus verträgt keine Weicheier. Gefeuert werden – na gut, rein in den Salon, einen Whiskey gekippt, einmal rauf auf die Bardame, wieder raus, wird schon werden.

Aber der Ballettgedanke ließ ihn nicht los. Er stellte sich vor, wie das *manager magazin* für einen neuen Abonnenten statt eines Rennrads, einer Alessi-Kaffeekanne oder ähnlichen Schnickschnacks zwei Ballettkarten vergeben würde, damit man in Begleitung das große Ballett besuchen konnte, das da hieß: *Die Fieber des Simon Kannstatt*.

Er sah das Opernhaus vor sich. Natürlich ausverkauft. Viele Ehepaare. Die Männer betreten unsicher den Zuschauerraum. Die Frauen sind erleichtert. Dass ihre Männer sie begleiten, ist ihnen in den langen Ehejahren noch nicht passiert. Sensibleren Frauen, besonders denen, die häufig ins Ballett gehen, fällt auf, dass an diesem Abend nur Ehepaare da sind – sehr ungewöhnlich. Paare sind im Ballett nicht ungewöhnlich, Ehepaare aber sehr wohl. Und dann öffnet sich der Vorhang. Eine Flughafenlandschaft. In der Ferne hat der Bühnenbildner mit viel Geschick eine Startbahn angedeutet.

Auf der Bühne kommen plötzlich Tänzer aus den Kulissen. Man hat ihnen Anzüge auf den Körper gemalt. Sie tragen Aktentaschen. Das Schauspiel beginnt. Es ist wie so häufig bei solchen Abenden: Drei Choreographen zeigen drei verschiedene Ballette. Die ersten zwei sind abstrakt und für Kannstatt nicht zu entschlüsseln. Das dritte interessiert ihn sehr, denn hier hat der Bühnenbildner die Elbe nachempfunden. Von ganz hinten, von der Hinterbühne, dort wo die Elbe ins Meer fließt, tasten sich Menschen heran. Sie sitzen in einem Boot und kommen nur sehr langsam auf den Zuschauerraum zu. Und es wird immer deutlicher, dass es sich um alte Menschen handelt. Sie sind in einem erbarmungswürdigen Zustand. Lumpenproletariat. Steinaltes Lumpenproletariat. Sie nähern sich ganz offensichtlich dem Hafen der Stadt Hamburg. Der Bühnenbildner hat hier einige konkrete Elemente verwendet, so dass selbst Kannstatt als ungeübter Ballettbesucher sofort sieht – aha, alte Menschen nähern sich würdevoll der Stadt Hamburg. Im Hafen selbst sind nur junge Menschen zu sehen. Sehr schöne junge Menschen, dargestellt von klassischen Tänzern. Das findet Kannstatt interessant. Die Alten, die sich nähern, das ist eher Tanztheater, das sind theatralische, tragische Bewegungen. Menschen, die mit ihrem Körper kämpfen, weil sie ihn nicht mehr unter Kontrolle haben. Die jungen Leute im Hamburger Hafen tanzen edel. Sie haben noch nicht bemerkt, dass sich ein Schiff nähert.

Das ist ganz offensichtlich. Zunächst kann Kannstatt sich nicht erklären, warum sich hier Spannung aufbaut. Als die Jungen die Alten sehen, schreien sie auf. Alte Bilder kommen in Kannstatt hoch. Die Pest kehrt in die Stadt zurück. Das Kranke kommt in die Stadt zurück. Man hat mittlerweile alles Alte eliminiert. Das Alte gibt es nicht mehr, und nun kehrt es zurück. Kannstatt ist fasziniert von dieser Choreographie und von dieser Idee. Das Schiff der Alten nähert sich dem Hafenbecken; die jungen Leute geraten in Panik. Für Kannstatt ist die Choreographie schwer zu entziffern. Er hat Mühe, diese Körpersprache zu deuten, dennoch bewegt sie ihn. Im Verlauf der Aufführung kommt es zu Kämpfen. Wie in der *West Side Story*, nur kämpfen keine Familien miteinander, sondern die Alten gegen die Jungen. Die Jungen wollen die Alten nicht haben. Die Alten wollen zurück in die Stadt.

Das Ballett endet jäh. Schockierend jäh. Die alten Menschen werden auf die Vorbühne geworfen, Leichenberge neben dem Souffleurkasten. Im Hintergrund rennen die jungen Leute davon. Pause. Applaus. Der Applaus ist nicht der Applaus des geschulten Publikums. Es ist ein höflicher Applaus. Ein Applaus, der sich vortastet. Darf ich das gut finden? Darf ich hier laut klatschen oder doch lieber nicht? Es sind nicht die Ballett-Enthusiasten im Publikum, die auf einer höheren Ebene zu klatschen, zu applaudieren und zu jubeln pflegen. Und auch mal den Kopf schütteln: »Das kann man doch nicht machen.« Die sind heute nicht hier.

Und dann folgt *sein* Ballett. Manager hangeln sich am Züricher Flughafen an Plexiglaswürfeln entlang und holen sich wie Junkies an den subventionierten Fixpunkten ihre Dosis. Ihre Dosis Rockmusik, ihre Dosis Idylle, ihre Dosis Kompliment, schließlich ihre Dosis Unternehmertum. Kannstatt sieht seine Ausstellung auf einer Bühne. Neben ihm sitzt eine Frau – seine Frau. Es gibt viel Applaus. Nach einigen Minuten erheben sich die ersten Zuschauer sogar und applaudieren stehend. Vorsichtig schauen sie sich um, ob sie womöglich als Einzige aufgestanden sind. Da erheben sich schon andere, und plötzlich bilden die Stehenden wieder eine Gemeinschaft. Bloß in der Gemeinschaft bleiben. Sich bloß nicht exponieren. Man weiß ja nicht, ob man es gut finden darf.

Schweigend schieben sich die Zuschauer ins Foyer. Kannstatt dirigiert seine Frau noch in das Restaurant, das sich im ersten Stock befindet. Sie sitzen eine ganze Weile schweigend nebeneinander.

»Schön, dass du mit mir ins Ballett gegangen bist.« Frau Kannstatt gibt sich einen Ruck. Sie weiß es zu würdigen, dass ihr Mann diese Entscheidung getroffen hat. »Aber warum gerade dieses Ballett?«, fragt sie.

Kannstatts Brust schmerzt.

»Ist etwas mit dir?«

»Nein, du weißt, ich habe viel geleistet in den letzten Wochen und Monaten. Meine Brust schmerzt ein wenig.«

»Dann solltest du einen Arzt aufsuchen.«

Der Schmerz nimmt zu. Kannstatt rutscht auf dem unbequemen Stuhl hin und her. Der Schmerz sticht, trifft ihn wie der Blitz einen Kirchturm. Er schreit auf.

Er sah sich um. Er war der Einzige auf dem Flughafen Zürich-Kloten. Niemand hatte ihn gefunden. Niemand gesehen. Er war so schwach, dass er von den Schweizer

Behörden nicht als Sicherheitsrisiko eingestuft wurde. So wenig war von ihm übrig geblieben, dass er nicht einmal mehr für eine Gefahr gut zu sein schien. Nicht einmal mehr das.

Er stand von seinem Flughafensessel auf, strich sich die Kleider zurecht und tastete sich nach draußen. Ungehindert kam er durch die Sicherheitskontrollen, die Schalter waren unbesetzt. Ein, zwei Penner lagen in einer Ecke. Ha, so war es also! Man hatte ihn für einen Penner gehalten! Das war die christliche Seite des Flughafens. Er ging nach draußen, dorthin, wo sonst die Taxis warteten, und setzte sich auf eine Bank. Auf der Rückenlehne der Bank war ein Schild angebracht: Nur für Taxifahrer. Gut, vorläufig würde wohl keiner kommen.

Er hatte das Gefühl, an einem Scheideweg zu stehen. Er musste zurück in den Beruf, der ihn stützte wie ein Korsett, der ihm Fassung gab. Er selbst wäre nicht in der Lage, sich ein Rückgrat einzuziehen, das ihm die gleiche stabilisierende Wirkung gab wie ein Beruf – die Fassung, die den Diamanten schützte. Er war sich ganz sicher, sein Charakter war wie ein Diamant, allerdings – und dessen war er sich ebenso sicher – gänzlich ohne Glanz, ohne Lebenstüchtigkeit. Ohne jede.

Heute bedauerte er es sehr, nicht in Amerika zu leben. In Amerika konnten selbst Loser Heroes sein. Es gab ein Foto, das ihm nicht aus dem Sinn ging. Es war auf dem Buchdeckel eines Gedichtbandes von Allen Ginsberg abgebildet. Ginsberg stand auf dem Bürgersteig eines Vorortes von L. A. Im Hintergrund mit Villen bebaute Hügel. Am Straßenrand drei Straßenkreuzer aus den späten fünfziger Jahren. Ginsberg steckte sich eine Zigarette an. Genau in dem Moment hatte ihn der Fotograf geknipst, natürlich mit seinem Wissen. Als er die Zigarette bereits zwischen den Lippen hatte und nach den Streichhölzern griff, um sie zu entzünden. Es war ein gelerntes Bild. Es war das Bild aus der Marlboro-Werbung. Der Mann stand einsam irgendwo in einer amerikanischen Stadt herum, zündete sich eine Zigarette an und war mit der Welt befasst. Gerne wäre Kannstatt dieser Ginsberg gewesen.

Aber auch das alles hier hat sein Gutes, dachte Kannstatt plötzlich. Ich habe schon länger keinen Alkohol mehr getrunken. Ich hätte nie gedacht, dass ich es einmal schaffe, so lange keinen Alkohol zu trinken, ohne es überhaupt zu bemerken.

Die klare Nachtluft sorgte dafür, dass er etwas zu Sinnen kam. Er schaute sich interessiert um; sein Blick maß die Umgebung ab, doch außer arabisch sprechenden Menschen in gelben Uniformen, die die Straßen reinigten, die Aschenbecher polierten, sah er nichts, was gelohnt hätte, sich eines Tages daran zu erinnern. Er wusste, diese Stunde würde es nicht sein, an die er auf dem Sterbebett denken würde. Er fragte sich, warum es ein Müttergenesungswerk gab, aber kein Managergenesungswerk? Warum gab es ein Beamtenheimstättenwerk, aber kein Managerheimstättenwerk?

»Das ist mein Stichwort.« Wie aus dem Nichts erschien Patti.

Kannstatt erstarrte.

»Hunger?« Roger hielt ihm kauend ein Tablett mit Schnittchen unter die Nase.

»Nein, ich habe jetzt keinen Appetit«, flüsterte Kannstatt.

Patti fuhr unbeirrt fort: »Wo Manager in Selbstmitleid zerfließen, darf ich nicht fehlen. Ich bin die ideale Bewährungshelferin für Manager über vierzig im Selbstmitleid. Ich weiß, ich gehöre hier eigentlich nicht hin. Aber wo gehöre ich schon hin?«

»Patti«, sagte Kannstatt, der keine anderen Worte fand.

»Ja, ich bin es. Greenbaum oder Kannstatt, das spielt doch keine Rolle. Welche Figur hast du gerade gewählt, um dein Leben erträglich zu machen? Welcher Artistik bedienst du dich, um vor dir selbst noch ein Quäntchen Selbstachtung zu bewahren? Welche gedanklichen Konstruktionen müssen dir helfen, damit du noch in den Spiegel gucken kannst? In welchen Fiebertraum flüchtest du dich gerade? Ich stamme übrigens aus Haapsalu. Ich dachte«, fuhr sie fort, »ich erzähl dir das mal. Du hast mich nämlich nie gefragt, woher ich komme.«

»Wo ist Haapsalu?«

»Haapsalu ist ein altes Ostseebad in Estland. *The perfect seaside getaway,* aber im Grunde sehr langweilig. Mit einem alten hölzernen Bahnhof, vom Zaren gebaut, der über eine ähnliche Hybris verfügte wie heute fünfzig Prozent der deutschen Vorstandsvorsitzenden. Er wollte eine Eisenbahnstrecke von Sankt Petersburg bis Haapsalu bauen und hat es auch gemacht. Er hat es geschafft. Heute stehen noch das Bahnhofsgebäude und ein paar Gleise. Weißt du eigentlich, warum das Gasoline Alley keine Platten verkauft, sondern nur sammelt?«

Er schüttelte den Kopf. »Nein, das weiß ich nicht.«

»Weil wir in Estland, als die Russen noch da waren, diese Scheiben alle nicht hatten, und ich kann es mir bis heute nicht angewöhnen, diese wunderbaren Platten, wenn ich sie einmal in Händen halte, wieder zu verkaufen. Ich kann das einfach nicht. Und Gott sei Dank hat Python mir das, zumindest am Anfang, nicht übelgenommen. Gott sei Dank. Ich fühle mit dir, Greenbaum.«

»Warum?«

»Weil du ein Berufsleben lang vom wirklichen Leben weggesperrt warst. Das Gefühl kenne ich aus Estland. Wir waren sechzig Kilometer von Helsinki entfernt und dennoch Lichtjahre weit weg von dem, was wir uns unter Leben vorstellten. Von dem, was wir hofften, dass es das Leben sein könnte. Wie durch eine Glasscheibe getrennt. Alles war zum Greifen nah, doch unerreichbar. So muss es für dich sein, mein Lieber. Du hast nicht unter dem Leben, das du führen musstest, gelitten, du hast an der Unfähigkeit zu leben gelitten und warst doch nur eine Handbreit davon entfernt. Du solltest mich mal in Haapsalu besuchen, dann würdest du wissen, was ich meine.«

Kannstatt starrte vor sich hin.

»Du kennst doch diese Robinson Clubs. All die Freiberufler, die dort hinfahren, glauben, dass Daniel Defoe, falls sie ihn überhaupt kennen, aber das setzen wir mal voraus, dass also Daniel Defoe den Robinson …«

»Halt den Mund!« Ungewohnt barsch unterbrach Kannstatt den Redeschwall. »Erzähl mir nichts über Robinson Crusoe! Der Fall ist mir bekannt!«

Unbeeindruckt fuhr sie fort: »Mitnichten, mein Lieber. Höre die ganze Geschichte! Das Schiff, das strandete, war seine Firma, denn Defoe war ein erfolgloser Unternehmer und ging pleite. Die Stürme, die auf ihn niederprasselten, standen für die Banken, die ihn jagten, und die Insel war ein Symbol des Konkurses. Robinson ist eine ziemlich traurige Parabel, denn der Bankrott kam der Aberkennung seiner bürgerlichen

Ehrenrechte gleich. Ein Mann, der in seiner Welt ökonomisch scheitert, wird von der Gesellschaft, in der er lebt, ausgegrenzt. Das Ganze hat mit dem Tourismus-Schnickschnack überhaupt nichts zu tun.«

»Woher weißt du das?«

»Wenn du am Leben interessiert bist, musst du Bücher lesen, musst du die Originale lesen und nicht sekundäre Quellen. Lies Literatur und nicht deine Manager-Texte, die sich dauernd über Leadership, Ethik, Glücksfindung und ähnlichen Käse ausbreiten. Lies mal was von Daniel Defoe«, fügte sie ermunternd hinzu, wie eine Studienrätin in den Mittfünfzigern zu einem etwas renitenten Nachhilfeschüler.

Kannstatt musste schmunzeln. »Und warum soll ich nun nach Haapsalu?«

»Weil Haapsalu auf wunderbare Weise dokumentiert, dass alles Streben ins Nichts führt. Da baut der Zar eine Eisenbahnlinie von Sankt Petersburg über Tallinn nach Haapsalu, und kein Meter Gleis existiert mehr. Aber den Bahnhof, den gibt es noch. Er ist jetzt ein kleines Museum. Was am Ende übrig bleibt, ist die Erinnerung an eine große Tat, die hundert Jahre später keinen, aber auch wirklich keinen mehr interessiert.«

»Und heute, wie ist es da heute so?«

»Das kann ich dir sagen. Die Russen, die mehrere Male die herrschende Schicht waren, sind heute die Hilfsarbeiter. Die Russinnen sitzen an der Kasse von amerikanisch geprägten Supermärkten, in denen Wodka in Gallonen angeboten wird. Und dieser Wodka wird vor allem von den Russen getrunken, die nicht verstanden oder gerade sehr wohl verstanden haben, dass ihre Zeit vorbei ist, und dieses Gefühl betäuben sie. Eine wunderbare Parabel. Warum saufen Manager so viel, wenn sie abends alleine sind? Ich kann es dir sagen. Eine gute Prostituierte steigt, nachdem sie einen unsympathischen Kunden gehabt hat, in eine Wanne voller Alkohol, um zu vergessen. Im Grunde ist der Unterschied nicht groß. Nur habt ihr den Alkohol zu einer Kunstform erhoben, während die Prostituierte ihn als Reinigungsmittel benutzt. Mir ist übrigens die Prostituierte in dem Fall erheblich sympathischer. Versuch's doch mal mit der Wirklichkeit«, drängte ihn Patti.

»Tu ich doch.«

»Nein, du träumst. Würdest du nicht träumen, würdest du mich nicht hören. Ich bin gar nicht da. Du bist auch nicht da. Ich bin die Hauptdarstellerin in deinem Traum, nicht in diesem Leben, mein Lieber. Aber ich sage dir, das blödeste Wort, das wir im Mund führen können, ist das Wort ›Lebenserwartung‹. Das ist ein verdammt arroganter Begriff. Ersetze ihn durch ›Lebenshoffnung‹. Hoffe, dass du lange lebst, aber erwarte es nicht. Du kannst von dir selber Charakter erwarten und von deinen Freunden Loyalität, aber du kannst nicht vom lieben Gott *erwarten*, dass du lange lebst.«

Patti schaute ihn nachdrücklich an, offenbar unsicher, ob ihre Worte nicht doch ihre Wirkung verfehlten. Deshalb legte sie nach. »Weißt du, ich habe dann doch mal in so alten Business-Dingern rumgeblättert, weil im Gasoline Alley ja nicht so viel zu tun ist. Die fliegen da manchmal auch herum, zwischen den *Rolling-Stone-* und *Billboard*-Ausgaben. Und weißt du, was mir aufgefallen ist? Ihr verwendet in eurer Managementsprache wahnsinnig viele abenteuerliche Begriffe: *Mexican Shoot Out, War Room,* von mir aus auch *Kick-off-Meeting, An die Gewehre* und so weiter. Ich weiß schon, warum ihr das macht. Weil ihr durch das Militärvokabular die

Hoffnung habt, zu übertünchen, dass euer Leben ziemlich langweilig und eigentlich gar keines ist. Ihr glaubt, Business ist wie Sport: Der Bessere gewinnt. Mag sein. Aber Sport ist nur für die interessant, die ihn ausüben. Die, die zugucken, na ja. Ich weiß nicht. Glaub doch bitte nicht, dass eure Frauen es spannend finden, zuzuhören, dass ihr Erfolg habt oder, schlimmer noch, eigentlich keinen Erfolg habt und das bisschen Erfolg so hochjazzt wie ein amerikanischer Conférencier in der Provinz, wenn ein Zauberkünstler vorbeikommt, der in New York schon vor zwanzig Jahren out war. Die meisten Manager sind doch One-Hit-Wonder. Nur ganz wenige sind Serienhitmacher. Und ehrlich gesagt, schaue ich mir bei Serienhitmachern auch lieber die alten Videoclips an. Habe neulich Robin Gibb von den BeeGees gesehen, mit schwarzer Perücke, wie er schlecht gesungen hat. O mein Gott. Denk dran, Greenbaum, bevor ich verschwinde: Jeder Lufthansa-Flugplan verliert seine Gültigkeit, jeder vom Zaren gebaute Bahnhof verliert seine Bedeutung, jeder Hit fällt mal aus der *heavy rotation* und landet im Oldie-Kanal.«

»Meine Frau hasst Oldie-Kanäle«, sagte Kannstatt.

»Ach, du sprichst mal von deiner Frau?«

»Ja, Oldie-Kanäle erinnern sie daran, dass auch sie immer älter wird. Sie ist bisher ganz begierig, die Musik der Jungen zu hören.«

»Greenbaum, du hast noch nie über deine Frau gesprochen.« Patti war sehr erfreut über diese Wendung.

»Greenbaum hat auch keine Frau. Kannstatt hatte eine«, sagte er.

Kannstatt erhob sich mit einem Ruck. Er ging zurück ins Flughafengebäude. Es war menschenleer. Er wollte seinen Ausstellungsplan weiter ausarbeiten. Mit den Augen nahm er Maß, wo die Vitrinen stehen könnten. Jede Vitrine, so schwebte ihm vor, sollte das Ausmaß einer größeren Kiste haben, in die man beispielsweise auch einen Elefanten würde einsperren können, weil dann in den Vitrinen kleine Kurzchoreographien möglich waren. Er stellte sich einen Pfad vor wie im Märchengrund. Im Abschnitt von zehn bis zwanzig Metern müssten die Vitrinen aufgestellt sein. Er hatte die Idee, zusätzlich zu den bisherigen Stationen, typische Situationen aus dem Geschäftsleben nachzustellen, wie zum Beispiel einen Geschäftsmann, der andere Geschäftsleute auf einem Flughafen beim morgendlichen Sicherheitscheck zur Langsamkeit zwingt. Etwa dadurch, dass er vorgibt, unbeholfen zu sein, oder weil er einfach eine langsame Motorik hat. Dieser langsame Geschäftsmann würde sofort von den anderen zertrampelt werden. Wahrscheinlich, so sinnierte Kannstatt, ist das die einzige Situation, in der man sich im zivilen Leben Deutschlands vorsätzlich in Lebensgefahr begeben kann. Einen deutschen Geschäftsmann auf dem Weg zur Karriere, auf dem Weg zum nächsten Abschluss aufzuhalten, das war absolut gefährlich, das bereute man, das bezahlte man – mit dem Leben.

Kannstatt schritt weiter den blankgebohnerten Fußboden ab. Hier in etwa, vor der riesigen Parfümerie, könnte die nächste Vitrine stehen: Ein Geschäftsmann telefoniert mit seiner Frau. Die Körpersprache ist hilflos, hektisch. Er schwankt zwischen zwei Gefühlen. Einerseits möchte er Mitleid, andererseits möchte er imponieren. In dieser emotionalen Zerrissenheit befindet er sich, während er ein gänzlich inhaltloses Gespräch führt. Er ist verschwitzt. Die Nackenhaare liegen feucht auf dem Hemdkragen. Der Anzug, keine schlechte, aber auch nicht beste Qualität, hat im Rücken und in den Kniekehlen Falten geschlagen. Die Schuhe müssten längst erneuert werden. Die Socken sind nicht nur zu kurz, sie passen weder zur Farbe des Anzugs noch zur Farbe der Schuhe.

In Gedanken über die nächste Vitrine vertieft, vernahm er in der Ferne Schritte. Schritte, die sich ihm schnell näherten. Er drehte sich um und erblickte die Bedienung aus dem Flughafenrestaurant. Schon von weitem konnte man erkennen, dass sie ein Buch, wahrscheinlich ein Taschenbuch, schwenkte. Sie konnte es nicht erwarten, in seiner Nähe zu sein. Schon bevor sie ihn erreicht hatte, sagte sie immer wieder: »Ich habe das Buch. Ich habe das Buch.«

Kannstatt war wie benommen. Als sie ihn schließlich erreichte, entstand der kurze, unentschlossene Moment zwischen zwei Menschen, die nicht wissen, ob sie ihrer Neigung nachgeben und sich kurz umarmen oder doch lieber der Form Genüge tun sollten. Für den Bruchteil einer Sekunde wich jedes Leben aus den Körpern. Als sie wieder erwachten, nahm Kannstatt ihr das Buch aus der Hand, ein gelbes Taschenbuch. Klaus Schlesinger, *Alte Filme. Erzählung.*

»Ich habe schon ein bisschen darin gelesen«, sagte die junge Frau.

»Dann haben Sie ja jetzt Bekanntschaft mit Kotte gemacht«, sagte Kannstatt. »Er kam zu später Stunde in mein Hotel, platzte in eine Veranstaltung hinein, nennen wir es mal eine Familienfeier, nennen wir es, wenn Sie wollen, Selbsthilfegruppe. Er sagte, er wolle nur ein Zimmer und die Versammlung nicht stören. Dann erschien er aber doch. Er beschrieb sein Leben, das sich im Osten Berlins abspielte, ereignislos und in festen Bahnen wie das eines Panthers im Käfig. Immer am Gitter entlang, während die Stäbe vorüberziehen.«

Plötzlich machte Kannstatt einen entschlossenen Schritt zur Seite, so dass die junge Frau erschrak. »Genau, das ist die nächste Vitrine. Ein Manager geht rastlos am Gitter entlang. Eingeengt von der Firmenpolitik, von der Firmenphilosophie.«

Firmenphilosophie – dieses Wort hasste Kannstatt. Wie konnte man den anspruchsvollen Begriff Philosophie mit einer Firma in Verbindung bringen, deren Bestimmung es war, Geld zu verdienen?! Hatte jemand eine Idee, die so dünn war, dass er sich genierte, sie vorzustellen, dann nannte er es Philosophie. Fehlte im Unternehmen der Mut zur Entscheidung, nannte man es Politik: Das und das ist politisch nicht durchsetzbar.

»Vor dem unsichtbaren Gitter aus Philosophie und Politik, aus Zwängen und Erwerbsdruck geht in der dritten Vitrine ein Manager im Kreis. Ständig im Kreis.

Bis er tot umfällt. Mitleid hat er nicht zu erwarten, geschweige denn Bewunderung.«

»Was machen Sie da, was sind das für Vitrinen?« Kannstatt war weitergegangen, die junge Frau folgte ihm. Sie vermisste offenbar Dankbarkeit. Immerhin hatte sie, wie sich später herausstellte, über einen Freund das Buch gefunden und es wieder zum Flughafen gebracht, spät in der Nacht, ohne sicher sein zu können, Kannstatt überhaupt noch anzutreffen.

»Entschuldigen Sie«, sagte Kannstatt. »Ich bin Ihnen zu großem Dank verpflichtet. Ich stelle hier Vitrinen auf. Ich weiß noch nicht, wie viele. In jeder Vitrine sind Geschäftsleute in bezeichnenden Situationen zu sehen, man könnte auch sagen: in demütigenden.«

»Das verstehe ich nicht.«

»Na, das ist gar nicht so schwer«, sagte Kannstatt. »Bitte erzählen Sie mir doch, wie für Sie ein typischer Geschäftsmann aussieht. Ein Mann, der zu Ihnen kommt, einen Kaffee trinkt, einen Cognac und dann wieder geht.«

»Ich glaube, dass er nur einmal am Tag lächelt. Nicht, wenn er mich sieht, nicht, wenn er mit seiner Frau telefoniert, er lächelt nur in der Sekunde, bevor er den Cognac an die Lippen führt. Der Cognac ist wahrscheinlich sein einziger Freund und sein Genuss der einzige Moment, in dem er so etwas wie eine Umarmung spürt. Das sind nicht die Männer, auf die ich stolz wäre, sie zu erobern. Gut, es hat Situationen gegeben, in denen einer gar nicht nachgegeben hat, da bin ich dann mitgegangen. Aber das passierte bisher nur selten, und es hat sich eigentlich nie gelohnt. Menschlich nicht, seelisch nicht.«

»Sexuell?«

»Ich weiß nicht. Mein Kopf blieb taub. Dann ist es wohl nicht sexuell.«

»Erzählen Sie weiter.« Kannstatt hing an ihren Lippen.

»Ja, sie stieren vor sich hin, oder sie telefonieren. Meistens mit ihrem Chef. Ich merke das an der Körperhaltung. Sie bestellen erst den Cognac, telefonieren dann mit ihrem Chef, und nachdem sie den Cognac getrunken und mit dem Chef telefoniert haben, telefonieren sie mit einem Mann, der ihnen unterstellt ist. Das merke ich an der Art, wie sie sprechen. Sie werden dann militärischer, härter. Und am Ende sprechen sie mit ihrer Frau. Das sind die kürzesten Gespräche. ›Sind die Kinder schon im Bett? Ja, ich weiß, du möchtest auch mal wieder ausgehen. Ja, ich weiß, ich bin zu oft unterwegs.‹ Ich glaube, alle Männer sind mit derselben Frau verheiratet, die dieselben Vorwürfe macht und wohl einen Mann geheiratet hat, den es entweder schon damals nicht gab oder den die Umstände so verändert haben, dass es ihn heute nicht mehr gibt. Doch das macht keinen Unterschied für die Frau, die irgendwo in einem kleinen, feinen Haus in Deutschland wohnt. Ich würde gern in so einem kleinen, feinen Haus in Deutschland wohnen. Ich glaube, ich wäre eine gute Ehefrau für so einen Geschäftsmann.«

In ihren Augen entdeckte Kannstatt Hoffnung und ein Quäntchen Zuversicht. Vielleicht hoffte sie, dass heute Abend noch etwas passieren würde, das ihrem in öden Bahnen verlaufenden Leben eine Erschütterung verpasste.

Kannstatt wandte sich ab, nicht weil er sie unattraktiv fand, sondern weil er nicht über den Charakter verfügte, darauf angemessen zu reagieren. Ihm fehlte das

Vokabular für diese Sprache. Er hatte sie nie gelernt. Aber er suchte die Flucht in sein Thema und sagte: »Lassen Sie uns das doch in die nächste Vitrine stellen. Ein Mann sitzt im Flughafenrestaurant, der Kaffee steht schon auf dem Tisch, und er bekommt den Cognac gebracht. Und dann genau diese Sequenz, wenn er Blickkontakt mit dem Cognac aufnimmt und ihn langsam lächelnd an die Lippen führt. Das ist die Sequenz, die wir wiederholen.«

»Wenn Sie meinen«, sagte die junge Frau beeindruckt. »Wenn Sie meinen, dass das gut ist … Sie sind ein verrückter Hund.«

»Nein«, sagte Kannstatt, »ich bin kein verrückter Hund. Ich bin eher ein Pyramidenforscher, der ins Innerste vorgedrungen ist und nun den Wollfaden sucht, den Wollfaden, der ihn zurück zum Eingang bringt.«

»Ich habe neulich mit einem Geschäftsmann gesprochen. Wir standen eine Weile nebeneinander, ich hatte gerade eine kleine Pause gemacht, und er stellte sich zu mir. Er war ein angenehmer Mann, der mich fragte, ob ich Familie hätte. Ich wich aus. Ich wollte diese Frage nicht beantworten. Er sagte: ›Seien Sie froh, wenn Sie keine Familie haben, denn die Familie existiert nicht mehr.‹

›Die Familie existiert nicht mehr?‹, wiederholte ich.

›Nein, sie existiert nicht mehr. Man hat heute teure Autos, in denen Fahrer und Beifahrer eine andere Musik hören können als die Kinder, die hinten im Auto sitzen. Wir sind alle Individualisten geworden. Wie ist der Erfolg von Ferienclubs denn anders zu erklären? Eine Familie fährt hin und hat das Gefühl, eine Familie zu sein. Und kaum haben sie das Clubgelände betreten, entfernen sie sich voneinander, treffen sich zwei Stunden vor der Abfahrt wieder und sagen dann: Wir haben einen Familienurlaub gemacht.

Das waren seine Worte. Ich kann es nicht besser wiedergeben. Er kam, glaube ich, aus Stuttgart. Man sah noch die weiße Stelle an seinem Ringfinger. Vor kurzem war der Ring entfernt worden, entweder für immer oder nur für diese Dienstreise. Was ist schlimmer? Ich weiß es nicht.«

Kannstatt hatte genau zugehört. Sein Blick ging in die Weite. Mit leiser Stimme sagte er schließlich: »Danke für die Erzählung und danke für Ihr Interesse.« Er merkte, wie mechanisch er klang, und erschrak vor seiner eigenen Stimme, hatte aber nicht die Energie, einen anderen Ton anzuschlagen. Er hätte es gewollt, doch es gelang ihm nicht. Dennoch sagte er ihr, wohl mehr aus Höflichkeit denn aus ehrlich empfundenem Mitteilungsbedürfnis:

»Ich werde diese Vitrinen aufstellen. Ich weiß nur eines, es muss am Ende wie eine Ballettaufführung sein. Die Vitrinen öffnen sich, zerbersten vor den Augen der Zuschauer, und die Manager, die Geschäftsleute werden befreit oder befreien sich. Um dann natürlich mit der Freiheit nichts anfangen zu können, es fehlt ihnen die Kraft, die Geschicklichkeit. Sie sind wie Zootiere, sind wie Beamte geworden. Das Überleben ohne den sich um alles kümmernden Konzern, das Leben in der freien Wildbahn, erweist sich als schwierig. Keineswegs als unmöglich, aber schon das Schwierige macht ihnen Angst. Denn der Beamte scheut den Kapitalismus wie das Zootier die Freiheit. Man verdirbt sich damit die Euphorie, die sich durch den Erfolg einstellt, aber man schützt sich natürlich auch vor der Depression, wenn der Erfolg sich mal nicht einstellt. Oder sich nie eingestellt hat. Die Amplituden des Beamten sind flach, er hat es so gewählt. Ihm gebührt keine eigene Vitrine, denn der Schlaf ist von geringem Unterhaltungswert für die, die zuschauen mögen.«

Die Bedienung antwortete nicht. Sie räumte stattdessen die Gläser ab und verschwand, vielleicht enttäuscht.

Plötzlich wurde Kannstatt unsanft am Unterarm gestoßen. Er schrak auf, schaute sich um, die Menschen schauten ihn an. Python saß neben ihm im Ballett. Kannstatt war wohl vornübergefallen. Er war nicht mehr in der Lage, seinen Körper unter Kontrolle zu halten. Python sagte: »Ich bin vom Rock'n'Roll so einiges gewöhnt, aber dass jemand vornüberkippt, bevor der Vorhang fällt, das habe ich noch nicht gesehen.«

»Wo bin ich?«

»Wo du bist? Du bist in der Uraufführung deines eigenen Balletts. Es ist ein Erfolg. Es ist ein großer Erfolg.«

Kannstatt schaute zur Bühne. Er nahm wahr, dass dort mehrere Vitrinen standen, die alle zerborsten waren. Tänzer mit graziler Körperbeherrschung standen in aufgemalten Anzügen davor auf Spitze. Am Boden lagen einige Diplomatenkoffer, Businesstaschen. Kannstatt blickte sich um. Plötzlich frenetischer Applaus. Vor allem Frauen klatschten begeistert. Es gab auffallend viele weibliche Zuschauer. Auf der Bühne verbeugten sich die Tänzer zögerlich. Es schien, als wüssten sie nicht so recht, ob das soeben Gezeigte gewissen Qualitätsanforderungen entsprach. Die ersten erhoben sich, Standing Ovations.

Es gibt diese Kameras, die fliegen können. Und wie eine dieser fliegenden Kameras, auf einen winzigen

Helikopter montiert, verschwand Kannstatt von seinem Sitz. Er stieg in eine Vogelperspektive auf, schaute sich den Erfolg, der ja letztlich sein Erfolg war, von oben an. Es war sein Erfolg. Er entschwand und entschwand.

Schweißgebadet fuhr er von seinem Stuhl im Restaurant hoch. Er hatte keinen Speichel im Mund. Eine leere Flasche Wein stand vor ihm. So billig war sie nicht gewesen, dass man sich so schlecht fühlen müsste. Hauptsache, französisch, hatte er sich noch gesagt, oder wenigstens italienisch. Auf die Qualität hatte er nicht geachtet. Er verstand nicht genug davon. Aber wovon verstand er schon genug? Er verstand so viel davon wie ein Slalomläufer von den Stangen, die er umfährt. Schnell, oberflächlich, man stürzt häufig, man stellt sich nicht vor jeder Slalomstange in Positur und sagt: »Darf ich mich vorstellen, ich werde euch gleich umfahren.«

Wahrscheinlich sah er aus wie eine der *Loco*-Zeichnungen von Francisco de Goya. Er hatte die Kreidezeichnung als Schüler in irgendeinem Lehrbuch gesehen. Ein Mann, das Hemd offen, die Füße weit auseinander. Die Hose am Knie abgerissen. Die Hände hinter dem Kopf, als wollte er jemanden erschlagen. Wenn man genau hinsah, war ein Stock zu sehen, mit dem er jede Sekunde auf etwas einprügeln wollte. Die Augen weit aufgerissen, das Haar struppig. Der Bart ungepflegt. Der linke Fuß stand so nach außen gewinkelt, dass das Ganze aussah wie eine absurde Aerobicübung. Einer, der alles wusste, aber den Schatz nicht heben konnte.

Er sprang auf, soweit seine Kräfte dies zuließen, mit einem Rest von Athletik. Draußen war es schwarz. War er eingeschlafen? Hatte er sich in der Nacht verändert? Er wusste es nicht.

Wieder beneidete er die, die beurteilen, und er bedauerte die, die handeln. Hätte er nur den Weg eines Beurteilers eingeschlagen. Eines Wirtschaftsredakteurs, eines Theaterkritikers. Hatte er doch früher am Sonntagmorgen immer wieder mit einem Ohr zugehört, wenn seine Mutter der Stimme von Friedrich Luft im Radio lauschte: »RIAS Berlin, Friedrich Luft.« Kannstatt hatte einen klaren Verstand. Er konnte gut beurteilen. Doch er hatte diese Begabung nicht zu seinem Beruf gemacht. Warum eigentlich nicht?, fragte er sich jetzt.

Er wollte zurück in den Traum, zurück nach Newark, zurück an den Anfang der Pyramide, zurück dorthin, wo die Füße Halt gefunden hatten im Treibsand. Die Träume, die ihn heimsuchten, schaufelten ihm Erfolgserlebnisse zu. Nicht sofort, aber wenn er sich Mühe gab, dann wurde diese Mühe auch irgendwann belohnt. In seinem Hotel in Newark hatte er Freunde gefunden. Nicht Freunde im europäischen Sinne, aber doch Gesprächspartner. Menschen, die zuhörten. Menschen, die ihn anschauten, während er redete. Die hinhörten, nachdachten und erst dann antworteten. Keine Impulskommunikation. »Ja, ja, das weiß ich schon, das habe ich immer gesagt.« Oder schlimmer noch: »Das habe ich nie gesagt.« Nein. Es waren echte Gespräche. Er hatte sich wohl gefühlt in seinem Hotel in Newark. Er hatte sich wohl gefühlt in seinem Züricher Ballett. Die Vitrinen, der Opfergang der Manager, die konfrontiert werden mit ihrem Selbst. Dafür lohnte es sich zu arbeiten.

Es erschien ihm, als ob er damit etwas Sinnvolles tat, wie einen Garten anzulegen, von dem noch viele Generationen etwas haben würden, auch wenn man selbst längst gestorben war.

Seine Gedanken strebten in alle Richtungen wie die

Zweige eines Wildrosenbusches. Es war keine Ordnung zu sehen, und man musste weit zurücktreten, um eine gewisse Schönheit zu erkennen. War man nah dran, sah man Unordnung, und Unordnung hatte seine Frau immer gehasst. Ein väterlicher Freund hatte ihm einmal gesagt: »Sieh dich vor, wenn in einem Haushalt Staub gewischt wird.« Der Freund war dann später nach Frankreich geflohen. Dort wurde nicht Staub gewischt, und manchmal wünschte sich Kannstatt, er wäre ihm gefolgt – diesem wunderbaren Mann, der dem Staubtuch entkam.

Deutschland wischt Staub, Deutschland harkt, Deutschland fönt, Deutschland kämpft, Deutschland baut Jägerzäune. Deutschland pinselt auch Linien vor einer Ampel auf den Asphalt, damit man genau weiß, wo man bei Rot anzuhalten hat. Man kann sowieso nicht drüberfahren, denn sonst sieht man die rote Ampel nicht mehr.

Das waren seine Gedanken, fiebernd, durchgeschwitzt, am Ende seiner Kraft. Jedem anderen Menschen wäre der Gedanke an Selbstmord gekommen. ›Warum habe ich diesen Gedanken nicht?‹, fragte er sich. Und es wurde ihm erneut bewusst: Er hatte ihn nicht, weil es *ihn* bereits nicht mehr gab. Er war ja mehrmals gestorben, schon auf dem Flug in die USA. Vor seiner Wiedergeburt als Greenbaum war ihm wohl die rettende Idee gekommen, in ein Hotel in Newark einzusteigen, später eine Ausstellung auf dem Flughafen von Zürich zu entwerfen und eine Ballettchoreographie zu meistern.

Kannstatt wanderte durch sein Leben. Eingezimmerte, einbetonierte Langeweile. Angestellter eines großen Unternehmens, der sich schon lange distanziert hatte, ja, über das Unternehmen fluchte und trotz eines Restbestandes an Selbstachtung nicht kündigte. Einer musste den Job ja machen, dieses Leben zu führen. Er hatte sich entschlossen, es hinter sich zu bringen. Kannstatt war auch hier das Resultat und nicht der Initiator. Das gefiel ihm, denn wo jeder ein Initiator ist, herrscht keine Ordnung. Mehr erwartete er nicht, zumindest in Stimmungen wie diesen. Die Seele hatte sich vollkommen vom Körper getrennt. Sie war ausgeflogen, hier am Flughafen von Zürich. Das hatte man davon, wenn man kein Ritualmensch war: Unordnung.

Kannstatt hatte sich ein Leben lang gewünscht, so viel Geld zu verdienen, dass es reichte, um mit seiner Familie in bevorzugten Urlaubsgebieten Ferien zu machen. Das war ein gewisser Widerspruch in sich, denn im Grunde war er nicht fähig gewesen, Urlaub zu machen. Wie auch? Ein Mensch, der auf Zielerreichung programmiert ist, wird nicht plötzlich imstande sein, ziellos zu leben. Es war wie die unbotmäßige Vermischung der Begriffe Freundschaft und Geschäft.

Vor vielen Jahren war er während eines Urlaubs in East Hampton durch eine Straße gelaufen und hatte sich die Häuser angeschaut. Prächtige Häuser auf weit ausufernden Grundstücken. Hoher, dichter Baumbestand, Menschen sah man nie. Wenn überhaupt, dann nur in Autos. Und dennoch faszinierte ihn diese Gegend. Es war kein Kampf um Geld zu spüren. Kein *struggle for life*. Vor den Anwesen parkten mehrere Autos zur freien Verfügung. Sorglose Mobilität.

»Was ist Luxus?«, wurde Churchill gefragt. Seine Antwort war »*Transportation*«. Eines von Kannstatts Lieblingszitaten. Als es ihm jetzt wieder einfiel, ging ihm plötzlich auf, dass er eine Station vergessen hatte: den Plexiglaswürfel, der den Manager im Urlaub zeigte. Ein angespannter Mann müsste zu sehen sein, der am Strand liegt; die Körpersprache verrät Unruhe, aber der Mann ist diszipliniert, er weiß, dass Urlaub eine Herausforderung ist, und auf die Bewältigung von Herausforderungen ist er trainiert. Neben ihm die Ehefrau, die auf dem Rücken liegend einen Roman liest, nicht zwingend trivial, aber auch keine große Literatur. Vielleicht hat sich die Ehefrau vor der Abreise gesagt, man sollte etwas in der Sprache des Urlaubslandes lesen. Da die Reise in die Hamptons ging, wurde es amerikanischer Unterhaltungsstoff. Sie erklärt ungefragt, sie lese dies gern, weil sie dabei ihr Englisch auffrischen könne.

Kannstatt flog weiter durch den Raum und wurde, mehr als ihm lieb war, an Dialoge und Situationen seiner Ehe erinnert. An das gewaltige Ausmaß von Sprachlosigkeit, aber auch an das Unglück, das er ganz offensichtlich in der Seele seiner Frau verursachte. Seine Frau hatte einmal gesagt, es war wohl während einer der wenigen Urlaube, die sie miteinander verbracht hatten: »Bevor wir geheiratet haben, hätten wir eine *due diligence* machen müssen. Wenn schon ein *merger of equals*, warum dann nicht eine Sorgfältigkeitsprüfung, bei der alle Risiken, alle Potentiale überprüft werden auf ihre gegenseitige Verträglichkeit? Ist eins und eins wirklich zwei? Oder ist eins und eins vielleicht manchmal weniger als zwei?«

Er hatte schüchtern erwidert, ob diese *due diligence* damals an den Eheplänen etwas geändert hätte.

Sie hatte sich lange Zeit gelassen mit der Antwort und dann gesagt: »Weißt du, es gibt einen Satz bei Anton Tschechow, der heißt: ›Wenn du die Einsamkeit fürchtest, dann heirate nicht.‹«

Aber es hatte auch einen Moment großer Nähe gegeben zwischen dem Ehepaar. Als Kannstatt einen Magendurchbruch gehabt hatte. Dieser war nicht sofort diagnostiziert worden und hätte ihn fast das Leben gekostet. Seine Frau besuchte ihn täglich für mehrere Stunden im Krankenhaus. Sie saß dann neben seinem Bett, und als er wieder einigermaßen bei Kräften war, kamen sie ins Gespräch. Vielleicht kamen sie zum ersten Mal ins Gespräch, vielleicht war es überhaupt das einzige Mal, dass sie wirklich im Gespräch waren.

Kannstatt hatte begriffen, dass sein Körper nicht wie ein tüchtiger Assistent des Vorstands funktionierte. Er selbst war nie Assistent irgendeines Vorstandsmitgliedes gewesen, hatte aber stets die Hoffnung gehabt, dass sein Körper genau so funktionierte. Wie ein Assistent. Er hatte diese jungen Männer immer beobachtet. Schneidige Typen, die – der Chef musste nur mit den Augenbrauen etwas andeuten – sprangen. Das bisschen Individualität, das ihnen geblieben war, äußerte sich in Sarkasmus, bei den Intelligenteren in Ironie. Aber sie lieferten ab. Sein Körper lieferte nicht mehr ab. Und so lag er da. Die Visite des Chefarztes nach dem schweren Eingriff hatte ihn auf den Boden der Tatsachen geholt. Er wusste nun, dass er tatsächlich fast gestorben wäre.

Seiner Frau verbot er, diesen Tatbestand vor den Kollegen so darzustellen, dass er »dem Tod von der Schippe gesprungen« sei. Diese Formulierung deutete in einer Männerwelt bereits wieder an, dass das Leben ein *game* ist. Ein *game* zwischen echten Kerlen. Die Verniedlichung war Teil der Verabredung: »Schwäche wird ausgesondert.« Die Gespräche mit seiner Frau erstreckten sich über mehrere Tage. Er lag im Krankenbett, den Blick an die Decke geheftet. Die Stimme seiner Frau empfand er als beruhigend, mütterlich. Sie strahlte Wärme aus, Verständnis, und er hatte vor diesen Gesprächen nicht gewusst, dass sie beide in der Lage sein könnten, eine solche Tiefe zu erreichen. Seine Frau machte ihm deutlich, dass auch die Ehe Arbeit ist. Sie brachte ihm eines Tages ein Buch aus Amerika mit, das den Titel *Light My Fire* trug. Wenn der Dialog zwischen den beiden Partnern nie abrisse, das waren ihre Worte, würde man einander Glücksmomente bescheren können. Verfiel man dagegen in Gewohnheit, dann sei es gänzlich ausgeschlossen. Das sah er ein. Er fragte sich aber schon damals, ob dies denn bedeuten würde, dass sich hier eine weitere Leistungswelt, ein weiterer Leistungskosmos auftun würde, neben dem Beruflichen. Er war doch immer auf Reisen und wusste nicht, ob das ein Privileg war oder ein Fluch. Konnte denn nicht wenigstens die Ehe etwas Selbstverständliches sein? Einen Hafen muss man ja auch nicht jederzeit hinterfragen. War die Ehe nicht ein Hafen, der Sicherheit vor dem Sturm garantierte?

Seine Frau sagte damals mit einer gewissen Schlichtheit, das könne wohl sein, aber auch die Kaimauer bedürfe der Reparatur, wenn Verschleißerscheinungen unübersehbar seien.

Die Nähe am Krankenbett zwischen den beiden war nicht so sehr durch die Themen bestimmt gewesen, sondern vielmehr dadurch, wie sie miteinander sprachen. In den beiden Stimmen war kein Druck. Sie hörten einander zu. Hatte der eine etwas gesagt, so vergingen ein paar Sekunden, bevor der andere etwas erwiderte. Sie waren miteinander im Gespräch. Es war nicht wie sonst, wenn zwei Monologe miteinander synchronisiert wurden.

Nach seiner Genesung jedoch ließ sich diese Nähe nicht bewahren. Die Einsicht, verletzlich zu sein, die Einsicht, dass sein Leben endlich war, hatte ihn zutiefst verunsichert. Nicht zuletzt deshalb suchte er sehr schnell wieder den Erfolg im Beruf, den flüchtigen Erfolg, und hier und da, wenn es sich nicht vermeiden ließ, auch die Anerkennung in den Armen anderer Frauen.

Nun wandte sich seine Frau gänzlich von ihm ab. Er war isoliert. Seine Akzeptanz in der Firma hatte Risse bekommen. Seine Akzeptanz zu Hause war nicht mehr uneingeschränkt. Die Töchter sahen ihn mit einer Mischung aus Zuneigung, Mitleid und Skepsis an. *Wenn* er mal zu Hause war. Im Gespräch mit Kollegen spielte er auf diesen Zustand an, indem er sagte: »Meine Töchter werden mich bald siezen, wenn ich weiterhin so selten zu Hause bin.« Er glaubte, den Kollegen damit zu imponieren, was vielleicht auch der Fall war.

In seiner Not hatte er damals einen Berufspsychologen aufgesucht. Seine Frau hatte ihn dazu gedrängt, weil sie immer sicher gewesen war, dass man ihn nicht seinen Fähigkeiten entsprechend einsetzte. Genau das wurde ihm von einer großen überregionalen deutschen Zeitung mehrfach attestiert. Er hasste den Journalisten dieser Wirtschaftsredaktion, der ihm zwar das handwerkliche Rüstzeug als Controller zugestand, sich aber gleichzeitig auf Quellen in seinem damaligen Unternehmen bezog (die natürlich ungenannt bleiben wollten), die geäußert hatten, dass er das Leben als Ho-Chi-Minh-Pfad betrachtete – stets unter Feindbeschuss; darüber hinaus sei er eine kommunikative Sahel-Zone.

Ausgedörrt. Ohne entwickeltes Leben, für eine moderne Führungskraft nicht geeignet.

»Nimm den Angriff als Chance. Der Mann tut dir weh. Aber es ist was dran«, hatte seine Frau dazu gesagt.

Der Berufspsychologe sagte gleich zu Beginn: »Ich kann Ihnen nur helfen, wenn Sie sich mir öffnen.«

»Die Frage ist nicht«, erwiderte Kannstatt, »ob ich in der Lage bin, mich *Ihnen* zu öffnen. Die zentrale Frage ist, ob ich überhaupt in der Lage bin, mich zu öffnen, egal ob Ihnen gegenüber oder sonst wem, denn dass ich mich öffne, wurde bisher nicht von mir verlangt. Es stand nicht in meinem Arbeitsprofil, und es entspricht auch nicht meinem Charakter.«

Der Mann murmelte: »Na, Sie haben wohl zu viel Kafka gelesen?«

Kannstatt wusste, wer Kafka war, hatte aber nie eine Zeile von ihm gelesen. Das sagte er auch.

»Was haben Sie denn dann getan, früher, bevor Sie sich mit Ihrem Berufswunsch auseinandergesetzt haben? Wofür haben Sie sich als Schüler interessiert?«

»Warum fragen Sie danach?«

»Weil ich wissen möchte, woran Sie Interesse hatten, als Sie noch über die Kraft verfügten, ein spielerischer Mensch zu sein.«

»Das war ich nie!«

»Na, warten wir es doch mal ab. Also, haben Sie gelesen?«

»Wenig.«

»Haben Sie Musik gehört?«

»Ja.«

»Wann war das?«

»Na, so in den siebziger Jahren.«

»Was haben Sie gehört?«

»Das, was angesagt war.«

»Es war viel angesagt. Haben Sie eher die Musik mit kritischen Tönen oder eher Mainstream gehört?«

Kannstatt erinnerte sich gerne an das Gespräch. Er wusste noch, dass es einen Disput gegeben hatte über seine These, nur Schwarze könnten Soul oder Blues fühlen, also singen. Es mag zwar unter den Weißen den einen oder anderen gegeben haben, der das ebenfalls konnte, aber das seien Ausnahmen gewesen, die wie immer die Regel bestätigten. Das Gespräch war übergegangen zu den großen Themen jener Zeit, zu Vietnam, Berkeley oder der Linken überhaupt. Und den Einfluss der Linken auf das heutige Establishment.

Der Berufspsychologe stellte plötzlich die Frage: »Sagen Sie, Herr Kannstatt, warum haben Sie eigentlich nie einen Beruf ergriffen, der mit dem Thema zu tun hat, das Sie ganz offensichtlich so leidenschaftlich interessiert?«

Er war nicht fähig gewesen, darauf eine Antwort zu geben. Er berichtete von einem schwierigen Verhältnis zu seinem Vater, der seine Persönlichkeit von klein auf dominiert habe. Für den im Grunde die Menschwerdung des Jungen, die Kultivierung nur durch das Ergreifen *eines* Berufes möglich war, nämlich den des Juristen. Dieses Studium aber hatte alles in ihm planiert. Seine Persönlichkeit war im wahrsten Sinne des Wortes auf der Strecke geblieben. AC/DC waren für Kannstatt damals ein wichtiges Ventil gewesen: Er hatte Musik gehört, um das Schlimmste zu verhindern: sich selbst zu finden. Dass der Druck wohl manchmal weichen musste, das sah er ein; wie er entstand, wie er sich aufbaute, dabei sah er nur zu.

Später hatte er noch Volkswirtschaft dazugenommen, in der Hoffnung, dass sich ihm andere Welten erschließen würden. Diese Entscheidung war relativ risikolos, weil der Vater sie befürwortete. Hätte er doch einmal, so sagte er sich später, hätte er sich doch einmal die Zeit genommen, sich hinzusetzen und zu fragen: Was will ich eigentlich, und viel wichtiger, wer bin ich? Aber sein Vater hatte ihm lange den Eindruck vermittelt, dass die Auseinandersetzung mit dem eigenen Selbst bestenfalls für höhere Töchter oder Zahnarztgattinnen in Baden-Baden angebracht sei.

Sie waren auseinandergegangen, der Psychologe und Kannstatt, in der Erkenntnis, dass ihm nicht zu helfen war.

Völlig unvermittelt – er erschrak entsetzlich – stellte jemand die Frage: »Warum, Herr Kannstatt, erzählen Sie von sich so häufig in der dritten Person? Warum sagen Sie denn nie ›Ich‹? Sie sagen immer ›Kannstatt‹.«

Minuten vergingen. Kannstatt begriff, dass er noch immer in Begleitung der jungen Frau war, die er als Bedienung im Flughafenrestaurant von Zürich kennengelernt hatte. Wie lange saß er schon hier? Wie viel Zeit war vergangen? Er hatte offenbar sein Leben erzählt, seine Träume, ohne genau zu wissen, was. Was hatte er preisgegeben? Aber da er über seine Tiefen nicht informiert war, erschien es ihm unerheblich, was diese junge Frau nun von ihm wusste.

»Was habe ich erzählt?«, fragte er.

»Sie haben über Ihre Frau gesprochen, über Ihre Ehe. Wo ist Ihre Frau jetzt? Wo sind Ihre Töchter? Herr Kannstatt, was ist Ihnen widerfahren, was ist Ihnen passiert? Ich habe hier viele Männer getroffen, und einige dieser Männer taten mir leid. Denn sie hatten sich für ein Leben entschieden, das sie nicht mehr kontrollieren konnten. Aber Sie tun mir nicht leid, Herr Kannstatt. Um Sie mache ich mir Sorgen.«

Kannstatt war durch diese menschliche Anteilnahme verunsichert. Er konnte nicht damit umgehen, wenn man sich für ihn als Person interessierte. Er bevorzugte das Interesse an seiner Funktion. Da er nun ohne Funktion war, war es ihm durchaus lieb, keine Zuwendung zu erhalten. Bisher. Plötzlich war sie jedoch da. Das gefiel Kannstatt nicht. Seine seelische Verarmung war so weit fortgeschritten, dass der Resonanzboden, auf den die Zuwendung traf, nicht existierte.

Kannstatt war ein Meister des Verdrängens geworden. Er hatte unbewusst ein Frühwarnsystem entwickelt, das Situationen emotionaler Konfrontation vorausahnte. Am meisten hasste er die Konfrontation mit sich selbst. Deshalb zog er es auch jetzt wieder vor, ein Flugzeug zu besteigen, und sei es nur in Gedanken.

Diesmal war es eine Continental Airlines. Am frühen Morgen bestieg er die Maschine. Er ließ die junge Frau einfach stehen. Sie hatte angenommen, dass er ihr zuhörte. Männer neigen jedoch nicht dazu, zuzuhören. Sie hören hin. Bestenfalls.

Kannstatt ließ die Sicherheitsmaßnahmen über sich ergehen, sie waren ihm nicht unangenehm. Er hatte endlich wieder das Gefühl, Teil einer gewissen Ordnung zu sein. Er hatte Respekt vor denen, die kontrollierten. Das hatte er schon als Kind immer gehabt, angefangen mit den Straßenbahnschaffnern seiner Heimatstadt.

Die Flugbegleiter der Continental-Airlines-Maschine unterschieden sich erheblich von denen europäischer Luftlinien. Die Stewardessen waren resolut. Ihre Freundlichkeit entsprach dem Charme österreichischer Skilehrerinnen. Drahtige Personen. Der Purser war allerdings derselbe.

»Für den unwahrscheinlichen Fall eines Druckverlustes …«, verschwörerisch zwinkerte Roger Kannstatt zu, der die Doppeldeutigkeit nicht begriff, »… fallen Masken von der Decke. Das kann nicht jeder Träumer für sich in Anspruch nehmen.«

Der Flug ging nach Newark. Newark bedeutete Heimat. Newark war der Ort, an dem sich das Atlantic Crossing befand. Das einzige Zuhause, das er je hatte. Ein Hotel in seinem Kopf, mit Gästen, die er für angenehm hielt.

In der Schule hatte er *Das Salzburger große Welttheater* von Hugo von Hofmannsthal gelesen. Weshalb hatte er das Buch nie vergessen? Wahrscheinlich weil auch hier die göttliche Ordnung eine gewichtige Rolle spielte. Diese Ordnung, die er liebte. Und so war das Atlantic Crossing gewissermaßen sein eigenes Welttheater. Er konnte entscheiden, wer auftrat, und noch besser, er konnte vor allem entscheiden, wer abtrat. Und sei es er selbst. Ohne Widerrede.

Der Flughafen Newark bediente New York und die Umgebung von New York. Newark, New Jersey, war in den 30er Jahren sowohl das Zentrum amerikanischer Faschisten als auch das Zentrum von Juden im Exil. Das sichere Territorium seiner Träume. Genau da wollte er wieder hin. Er saß im Flugzeug und freute sich.

Neben ihm saß ein Mann, der sich während des gesamten siebenstündigen Fluges ohne Unterbrechung mit physikalischen Formeln beschäftigte. Er war tief in sich versunken. Wenn Kannstatt, der einen Mittelplatz hatte, aufstehen wollte, um sich die Füße im Flugzeuggang zu vertreten, war die Höflichkeit des Mannes vorbildlich. Sofort sagte er: »*Sure*. Stehen Sie auf, *no Problem*.«

Sie kamen ins Gespräch. Er erzählte, er wolle in Newark umsteigen, nur schnell weiter nach Chicago. Er habe seine Familie seit zwei Wochen nicht gesehen, und sofort folgte die Frage, vor der Kannstatt sich fürchtete.

»Wie lange sind Sie schon weg von Ihrer Familie? Ist das nicht schrecklich? Man hört die Kinderstimmen am Telefon und kann nicht hin.«

Kannstatt rang nach Worten. Der sensible Physiker missdeutete die Pause.

»Um Gottes willen, ich wollte nicht in Ihr Privatleben eindringen. Sie müssen auf meine törichten Fragen nicht antworten.«

Vermutlich, so nahm Kannstatt an, dachte er jetzt, die Kinder seien gestorben und die Familie gar nicht vorhanden. Aber es war ja alles ganz anders. Er hatte eine Familie. Er hatte sie verschleudert, und er stand dazu, sie verschleudert zu haben. Das jedoch, entschied er, würde er dem Mann nicht sagen. Der Mann, und das wiederum respektierte Kannstatt, hatte seine Weltordnung.

Es war Ferienzeit. Hinter Kannstatt saß eine vierköpfige Bilderbuchfamilie. Ein Ehepaar in den Vierzigern, offensichtlich gut situiert, das mit zwei Kindern, etwa neun und dreizehn, in den Urlaub flog. Man merkte der Familie eine gewisse Anspannung an. Vermutlich war der Mann direkt vom Büro ins Flugzeug gestiegen. Der Frau war es natürlich mal wieder allein überlassen geblieben, alle Vorbereitungen zu treffen. Die Kinder reagierten unterschiedlich darauf. Der Dreizehnjährige, schon etwas pubertär, ging sozusagen ins innere Exil, während das neunjährige Mädchen die Nähe zur Mutter suchte. Das machte sie während des Fluges ein wenig anstrengend. Der Familienvater bot mehrfach an, sich neben die Tochter zu setzen, was von der Ehefrau brüsk abgelehnt wurde. Sie wollte leiden, und sie wollte, dass er es sah. So funktioniert Ehe auch, dachte Kannstatt.

Mit dem Gefühl, zumindest in der Business-Class am sicheren Ufer zu sein, bestellte er sich einen Wodka mit Eis.

Die Stewardess sah ihn prüfend an. Es sei noch früh am Tag.

Er sagte: »Ich weiß.«

»Sind Sie Alkoholiker?«

Er war verblüfft. Sie stellte diese Frage jedoch mit dem charmanten Lächeln einer texanischen Landfrau, so dass man nicht wirklich verärgert sein konnte.

»Wir haben hier für die Sicherheit an Bord zu sorgen, Sir«, sagte sie nun etwas resoluter, als ob sie einen Stallknecht niedermachte, der eine Herde nicht korrekt von einer Weide zur nächsten gebracht hatte. »Sie wirken sehr unter Druck, Sir. Deswegen befürchte ich, dass der Alkohol bei Ihnen eine Entwicklung hervorruft, die wir hier nicht wollen. Aber gut, ich gebe Ihnen einen. Genießen Sie ihn. Es bleibt nämlich bei dem einen.«

Wenn man mit Kannstatt in diesem Ton sprach, zuckte er zusammen. Da er bloß in hierarchischen Kategorien denken konnte, gab es nur ein Oben und ein Unten. Gleichberechtigt gab es nicht. Hier war er unten. Er akzeptierte diese Tatsache sofort und war nicht imstande zu rebellieren.

Andererseits war diese Klarheit genau das, was ihm an den Vereinigten Staaten so imponierte. Er dachte oft darüber nach.

Während er an seinem Wodka nippte, stellte er fest: Wenn man sich entschied, den Wodka zu genießen, dann schmeckte er nicht. Man konnte ihn nur als Mittel zum Zweck verwenden. Er glich einem Fahrstuhl, um möglichst schnell von A nach B zu kommen. Nach oben. *Highspeed*. In einem Fahrstuhl rief man dem Fahrstuhlführer auch nicht zu: »Fahren Sie doch langsam. Ich möchte die Fahrt nach oben genießen.« Er selbst war immer ein Freund des Wodkas, machte er doch keine Fahne, und da der Alkohol ihm näherstand, als ihm lieb war, war er darauf bedacht, fahnenlos durch den Alltag zu gehen.

Er überlegte, warum die Amerikaner so sind, wie sie sind. Es musste wohl mit den Vorfahren derer zu tun haben, die heute dort leben. Irgendein kleiner jüdischer Schuhmachergeselle aus einem thüringischen Kaff des 19. Jahrhunderts, vielleicht geächtet und doch voller Courage, machte sich auf, ohne jede Sicherheit, fuhr nach Bremen, bestieg dort unter armseligen Bedingungen ein Schiff, reiste in die Neue Welt, ohne Geld, ohne Hab und Gut, kam dort an, alles auf eigene Verantwortung. Wahrscheinlich war das das Fundament, auf das Amerika noch immer baute. Auch wenn die Weltmacht aus anderen Gründen heute in den Treibsand geraten war. Das bedauerte er. Die anderen und sich selbst hielt er für Weicheier, die USA aber für die letzte Instanz, bei der man sich anlehnen konnte.

Er stand auf. Wie erwartet, rutschte der Physiker ein Stück zur Seite, nahm kurz Blickkontakt auf, um zu signalisieren: ›Ich bin völlig damit einverstanden, dass Sie aufstehen.‹

Kannstatt ging auf und ab. Der Gang war leer. Einige schliefen, andere lasen, wieder andere verfolgten das Bordprogramm auf den Monitoren.

Der Spaziergang dauerte nicht lange. Die texanische Stewardess kam wieder und sagte: »Bitte nehmen Sie Platz.«

»Warum soll ich Platz nehmen? Ich möchte mir ein wenig die Füße vertreten. Es tut mir gut.«

»Sie können sich hier nicht die Füße vertreten. Wir möchten, dass die Fluggäste unter Kontrolle sind. Wenn Sie auf die Toilette gehen möchten, dann können Sie das gerne tun, aber bitte ohne Umwege.«

»Na, welchen Umweg sollte ich denn nehmen?«

»Hin- und hergehen ist auch ein Umweg.«

Er ging zur Toilette, obwohl er gar nicht musste. Glücklicherweise war die Toilette noch besetzt. So konnte er sich umdrehen und in die Gesichter der Fluggäste sehen. Er hatte die Perspektive des Kapitäns, wenn er das Cockpit verließ. Und sofort fühlte er sich auch so. Seine Phantasie nutzte jeden Spielraum, um sich in eine Führungsposition zu bringen.

Wegen der Ferienzeit waren noch mehr Familien an Bord. Die Kinder saßen meist auf den Fensterplätzen und sahen hinaus. Die Mütter saßen in der Mitte und lasen ein Buch. Kannstatt nahm sich vor, kurz zu überprüfen, was sie lasen. Die Männer starrten in die Zeitung, die meisten in den Wirtschaftsteil. Andere in ein Boulevardblatt. Niemand las das Feuilleton. Gott sei Dank, dachte er. Die Männer trennte der Gang, und Kannstatt bemerkte, dass sie, obwohl sie weiter voneinander entfernt saßen als von ihren Kindern und Frauen, das Gespräch miteinander suchten. Sie hatten ein gemeinsames Verständnis von Kommunikation, dachten das Gleiche. Wie sollte es mit der Familie noch gehen, sah man sie doch nie? Mochten ein paar Tage Urlaub genug sein, um das wiederzubeleben, was eigentlich normal sein sollte?

Zurück an seinem Platz, fiel Kannstatt wieder ein, worauf er sich schon seit dem Start freute. Er hatte nämlich sofort nach Betreten der Maschine das Bordmagazin zur Hand genommen, das vor ihm in der Sitztasche steckte, und mit Freude festgestellt, dass eine Passagierumfrage darin enthalten war. Er liebte es, Umfragen auszufüllen. Konnte man doch anonym Einfluss nehmen, auf Standards, Qualitätsstandards. Man konnte abstrafen und gönnerhaft loben. Besonders die, bei denen man den Absender nicht eintragen musste. Es sei denn, unter den Absendern wurde ein Preis ausgelost. Er trug dann seinen Namen sofort ein, auch wenn der Preis noch so lächerlich war.

Der Flug verging zäh. Kannstatt war zur Entspannung nicht in der Lage. Im Flugzeug schlafen konnte er nicht. Ein Wodka reichte da nicht aus. Einen zweiten zu bestellen, dazu reichte die Courage nicht. Schließlich kam die Stewardess ohnehin noch einmal durch und fragte, ob es noch Wünsche gäbe. Zu seiner Überraschung bestellte der Physiker einen Rotwein. Im Windschatten seines Sitznachbarn bestellte er ebenfalls einen. »Bringen Sie mir auch so was.«

Er vermied das Wort Rotwein und bekam einen. Er konnte nicht sagen, ob die Stewardess ihn mit ihrem Blick strafte. Mochte sie sich erinnern? Er wusste es nicht, denn er sah sie nicht an. Er tat so, als ob er alle Hände voll damit zu tun hätte, das Rotweinfläschchen über den Gangplatz zu balancieren, plus Glas, plus Papierserviette, plus Knabbergebäck. Er begab sich in die Rolle eines Kindes, das nichts verschütten will. Er beobachtete sich genau dabei und kam doch aus dieser Rolle nicht heraus.

Er nahm zur Kenntnis, dass auch der zweite Spielfilm sein Ende gefunden hatte. Ein schwarzes wackeliges Bild war auf dem Bildschirm zu sehen. Der Nachlauf der DVD. Ganz plötzlich erschien wieder die Landkarte, die Orientierung gab, wo sich das Flugzeug gerade befand. Es raste über Gander, Neufundland, Kanada hinweg. Weit entfernt von Europa, weit entfernt vom Ich.

Die Einreise vollzog sich nach seinem Geschmack. Die amerikanischen Behörden hatten ein neues Verfahren entwickelt, um Terroristen von der Nation fernzuhalten. Man legte den Finger in eine Mulde und guckte gleichzeitig in eine Kamera. Die Kombination aus Fingerkuppe, Handlinien und Foto ergab wohl ein Bild, das für die US-Geheimdienste aufschlussreich genug war. Das gefiel ihm. Wieder Ordnung, endlich die Kontrolle der Freiheit zugunsten der öffentlichen Sicherheit.

Newark kannte er gut. Er ging zu einer Autovermietungsgesellschaft und bestellte sich dort einen Jeep. Der Angestellte fragte, ob er einen bestimmten Modellwunsch habe.

»Ich weiß nicht, ist mir eigentlich egal.«

Der Angestellte sagte: »Ach, wissen Sie, ich gebe Ihnen das Auto, vor dem Allen Ginsberg 1956 fotografiert wurde, in den Hügeln um Berkeley.«

Kannstatt war verunsichert.

»Ist okay«, unterbrach der Angestellte die Stille. »Ich dachte, Sie sind ein Intellektueller.«

Kannstatt antwortete wieder nicht.

»Ist okay«, sagt der Angestellte. »Ist okay.«

Kannstatt fühlte sich unterlegen. Erneut. Entweder ist er auf der Wippe oben oder auf der Wippe unten. In

Augenhöhe ist man nur während der Reise. Also für den Bruchteil einer Sekunde.

Schließlich nahm er einen Toyota, einen Toyota Jeep. Er war sich nicht sicher, ob dieser Ginsberg vor einem Toyota Jeep fotografiert worden war. Es war ihm auch egal.

Die Fahrt in die Hamptons war mühselig.

Er fuhr zunächst durch Manhattan, musste zwei beängstigende Tunnel, die Manhattan mit der Außenwelt verbinden, passieren und gelangte dann auf den Freeway Richtung Long Island. Wie eine geleeartige Masse wälzte sich der Verkehr auf die Halbinsel. Er war nicht imstande zu bremsen. Er glitt durch Bridge Hampton, South Hampton, East Hampton und fand sich schließlich in Montauk wieder. Weil die Straße dort zu Ende war. Dort ging es nicht mehr weiter. Dort stellte man sich dem Ende. Sei es dem Ende der Straße, sei es dem Ende der Flucht vor sich selbst und damit der Lüge. Der alles erstickenden Lüge. Montauk. Von beiden Seiten näherte sich das Meer, die Landzunge wurde immer schmaler.

Der Angestellte von der Autovermietung hatte ihm noch ein Ginsberg-Zitat hinterhergerufen: »Ich sah die besten Köpfe meiner Generation zerstört vom Wahnsinn, ausgemergelt, hysterisch, nackt ...« Wer war dieser Ginsberg? Und was meinte er damit? Kannstatt fühlte sich geradezu konfrontiert mit diesem Satz: »Ich sah die besten Köpfe meiner Generation zerstört vom Wahnsinn, ausgemergelt, hysterisch, nackt ...« Das war wohl das Problem dieser Nachkriegsgeneration, dass sie nichts riskierte, ja noch nicht mal in der Lage war, eine Ehe zu beenden, die nicht glücklich war, denn das hätte ja bedeutet, den Efeu zu kappen, der das Mauerwerk zusammenhielt. Er sah sich zunehmend gefangen in dieser Generation, die im schlechten Fall zu Bausparern wurde, im besseren Fall zu zynischen Analytikern, die ihr Heil zwischen McKinsey und McDonald's suchten.

In Montauk stieg Kannstatt aus und schlenderte die Hauptstraße entlang; die kühle Luft schärfte seine Sinne. Die Menschen hier hatten Gesichter, die von Entscheidungsfreude gezeichnet waren und nicht die schwammige Weichheit des Zögerns zur Schau trugen, so sein Eindruck. Ihre Blicke schnitten sich ein. Ihre Körpersprache war eine Sprache mit erheblichem Wortschatz. Die Sätze glichen Torpedos.

»Ich hätte nicht mehr lange auf dich gewartet, Mann!« Kannstatt bezog die Worte nicht auf sich und lief weiter.

»Können deine beschissenen Ängste, Hirngespinste, imaginären Freunde denn Miete zahlen? Wäre nicht schlecht, Kannstatt; würde euch Rabatt einräumen.«

Ein großer, schlanker Mann, eine Hand wie Napoleon vor der Brust, etwa sechzig Jahre alt. Schwarzer Anzug, keine Krawatte, Cowboystiefel. »Mein Name ist Crow. Halte hier die Tradition der Penelakut-Indianer hoch. Von meinem Stamm ist kaum noch jemand übrig. Tradition wird schlecht bezahlt, deshalb habe ich mich vor ein paar Jahren entschlossen, Montauks größte Immobilienhure zu werden. Hat geklappt.«

»Ja, stimmt«, begann Kannstatt vorsichtig, »ich suche ein Haus für mehrere Personen ...«

»... die aber alle du selbst sind«, beendete Crow seinen Satz.

»Ich ziehe nicht ein, vermutlich nicht.«

»Na, okay, solange deine Freunde nachts keine Hausmusik machen.«

»Mir nicht bekannt«, entgegnete Kannstatt spitz. »Woher wussten Sie, dass ich komme?«

»Komm erst mal rein. Hier ist mein Büro, wir stehen genau davor. Habe dich hier abgepasst.« Ein Holzhaus, zwei Stockwerke, frisch mit dunkler blauer Farbe getüncht. Im Untergeschoss das Büro von Crow. Ledersessel, Möbel aus dunklem Holz, nicht mehr neu. An der Wand Drucke amerikanischer Maler mit indianischen Motiven. Hinter seinem Schreibtischstuhl der Grundriss eines länglichen Gebäudes. Am unteren Teil des Holzrahmens ein Messingschild. Interessiert trat Kannstatt näher. *Long House* stand darauf. Nur diese zwei Wörter.

»Erkläre ich dir später«, knurrte Crow, um Kannstatts Frage im Keim zu ersticken. Crow holte zwei Dosen Bier aus einem kleinen Kühlschrank, der direkt neben dem Schreibtisch stand. »Du hast auch so einen Geistertanz getanzt. Aber nicht zu Ende. Nicht bis zum verdammten Ende.«

Crow öffnete seine Dose, nahm einen tiefen Schluck und schaute Kannstatt aus schmalen, halb zusammengekniffenen Augen an. Augen wie Schießscharten, durchfuhr es Kannstatt.

»Wundert dich eigentlich die Unordnung hier?«

Erst jetzt bemerkte Kannstatt, dass alles unfertig und vorläufig aussah. »Sie sind wohl gerade erst eingezogen«, vermutete Kannstatt.

»Fast auf die Zwölf. Ich ziehe hier gerade aus.«

»Ah, warum? Das ist doch ein sehr großes Büro, in guter Lage.«

»Damit du einziehen kannst, brother. Du bist zu Hause.«

Kannstatt erhob sich, um das Fenster zu öffnen. Ihm war schwindlig, er brauchte frische Luft, was Crow freilich egal war. Er nahm ihn mit kräftigem Griff bei den Schultern und schob ihn vor das Bild, das schon zuvor Kannstatts Interesse geweckt hatte.

»Das Long House.« Crows Stimme wurde leiser. »Im Long House begegnen die jungen Penelakut-Indianer ihren Schutzgeistern im Tanz. Ein Tanzschritt ins erwachsene Leben. Hast du versäumt. Stattdessen reist du mit einem Schauspieler-Ensemble durch die Welt, durch deine Welt. Zieh hier meinetwegen ein. Alle deine Leute haben hier ihren Raum. Oben sortiert Patti die Platten von Cilla Black und hoffentlich auch von RedBone. Daneben findest du die Lobby des Atlantic Crossing; Kotte ist dort mittlerweile Dauergast. Roger hat die Branche gewechselt und den Oldiesender Newark 74.5 gegründet. Läuft gut. Kannst dich überzeugen. Studio hier im Keller. Gleich neben einer nachgebauten Business-Class, falls du dich in alte Gefilde und Sicherheiten zurücksehnst. Und nun kommt das Zimmer, in das du dich verlieben wirst!«

Crow machte eine Kunstpause, genoss, wie sehr er Kannstatt in der Zange hatte. »Folge mir.«

Die Männer gingen zum Treppenhaus, das seinem Namen alle Ehre machte. Ein großer, holzgetäfelter Raum, vielleicht fünfzig Quadratmeter groß. Die breite Holztreppe führte auf flachen Stufen in die obere Etage. Ein Glasdach ließ das Tageslicht herein. Eine dunkle Wolkenwand riss für ein paar Minuten auf und schickte ihnen einen Sonnenstrahl. Sie erreichten den oberen Flur, der verwinkelter war, als Kannstatt vermutet hatte. Von außen fiel die klare, strenge Architektur des Hauses auf; hier im Inneren schien es, als ob ein Anbau dem nächsten folgte und der Flur dieser Entwicklung nur mühsam standhielt.

»Wo führen Sie mich hin?«, fragte Kannstatt mit bangem Unterton.

»Du solltest dich selbst führen. Aber du entscheidest nichts. Du hast es versäumt, die Schutzgeister zu treffen, als du ein junger Mann warst. Also wird dich die Angst bestimmen. Dein Handeln, deinen Schlaf, dein Herz.« Kannstatt schaute durch die halbgeöffnete Tür am Ende des Ganges.

»Das ist Altmanns Büro.« Kannstatt versteinerte. »Hier bin ich entlassen worden.«

Vorsichtig betrat er den Raum. Am Fenster stand eine Person, die ihm den Rücken zuwandte.

»Ich würde Sie gern behalten, Kannstatt, aber die Geschäfte lassen es nicht zu.«

Der Mann drehte sich langsam um.

»Python!«, entfuhr es Kannstatt. »Python, was machst du …«

Hinter der Tür, für Kannstatt nicht sofort einsehbar, befand sich ein Sofa, auf dem sonst wohl Altmanns Gäste Platz nahmen.

»Hier hast du gesessen, als du gefeuert wurdest«, mutmaßte Patti, Zigarette in der Hand. »Kannst du mir einen Gefallen tun, bevor wir dir gleich einen Tritt geben und du durch diese Tür aus diesem Haus fliegst?«

Kannstatt starrte Patti an. Er schwitzte, seine Gesichtszüge entgleisten.

»Wir feuern dich jetzt. Ich darf für Roger mitsprechen. Er lässt dir ausrichten, dass auch Bilanzbuchhalter und Zombies der Führungsebene II eines Tages für ihre Träume selbst verantwortlich sind. Komm also bitte nicht wieder. Begehre keinen Einlass mehr in dieses Haus. Um in deiner Sprache zu sprechen: Beauftrage keinen Headhunter, um durch die Hintertür wieder reinzukommen. Das Ensemble feuert den Intendanten. Revolution.«

Sie erhob sich und führte Kannstatt vor eine unscheinbare Tapetentür, verborgen hinter Altmanns modernem Stehpult. »Ob im Atlantic Crossing oder im Gasoline Alley, du hast dich in der Opferrolle gut eingerichtet. Du gehst jetzt den Weg, den alle gehen, denen die Schutzgeister nicht zu Hilfe kommen. Du beißt die Zähne zusammen, gehst jeden Tag durch dieselbe Geisterbahn, die dein Leben ist. Du hast die Verantwortung für dein Leben an andere abgegeben. Also beklag dich nicht.«

Patti öffnete die Tapetentür. Aus dem Raum drangen die Geräusche eines Restaurants. Geschirr klapperte. Im Hintergrund Lautsprecherdurchsagen, die auf ein Flughafenrestaurant schließen ließen. Kannstatt schaute Patti fragend an. Sie schubste ihn vorsichtig, aber bestimmt durch den Türrahmen. »Nimm gleich hier rechts Platz. Du wirst das erst mal verdauen müssen. Aber um Himmels willen, beklage dich nicht!«

Die Tür fiel leise ins Schloss. Kannstatt schaute sich um. Der Raum war eingerichtet wie das Züricher Flughafenrestaurant. Zum Verwechseln ähnlich. Im Hintergrund sah man durch die Fensterscheibe einige Flugzeuge starten.

»Kann ich Ihnen etwas bringen?« Kannstatt erschrak. »Wollen Sie etwas essen, trinken?« Die Bedienung wirkte ungeduldig.

Kannstatt blickte auf und flüsterte ihr Pattis letzten Satz wie ein Geheimnis zu: »Das Ensemble feuert den Intendanten.«

Sie vergaß ihre Ungeduld. »Was, mein Herr, darf ich darunter verstehen? Eine Kündigung?«

»Eine Kündigung«, erwiderte Kannstatt, »ja, eine Kündigung.« Lächelnd erhob er sich und ging.

Die wenigen, die ihn kannten, gaben an, ihn nie wiedergesehen zu haben. Seine von ihm getrennt lebende Ehefrau vermutete, dass er mit neuer Identität im Ausland lebte. Sie mochte recht haben, sie hatte ihn noch am besten gekannt.

DANKSAGUNG

Dank für das große Vertrauen in mich an Karin Graf und Ulrike Ostermeyer. Für die großartige Zusammenarbeit ferner an Marion Hertle. Dank auch an Diana Kertz und Nicole Wenzel sowie an meinen Freund Harald Wieser. Ein besonderer Dank gilt Barbara Herles, ihre Klugheit, ihre Besonnenheit und ihr Urteilsvermögen waren in schwierigen Zeiten mein Segen.